這一代的武林

【肆 武當聖女】

張小花——著

【目錄 Contents】

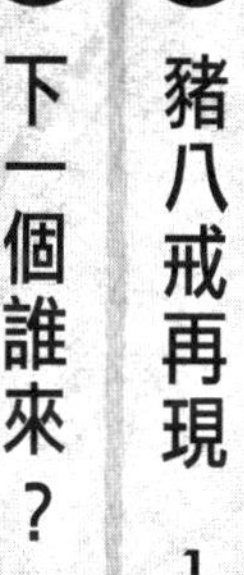

·第一章·

散花天女

唐傲喃喃道：「江湖傳聞見過我散花天女的人真的不多，既然思思的朋友想看，我不妨就給你們看看吧。」說著，他掏出一個像小孩兒玩的彈力球那麼大的一個金屬球來，把它托在掌心道：「看，這就是散花天女。」

就在這時，門口傳來急促的敲門聲，隨之胡泰來大聲道：「小軍快開門，我想到了一招能配合纏絲手使用的拳法！」

兩人都是悚然一驚，馬上分開，王小軍不自然道：「咱倆……」

「咱倆以後再比！」

江輕霞快速打開門，朝目瞪口呆的胡泰來微微點頭，隨即飄然而去。

唐思思見江輕霞逃跑一樣出了王小軍的屋子，不由驚道：「你們兩個……」

王小軍不理她，板著臉瞪著胡泰來道：「我是用掌的嘛，你想到一招拳法跟我說什麼?!」

「我……」胡泰來訥訥無語，他再遲鈍也知道自己可能做了一件天大的錯事。

王小軍把門摔上了。

一夜無話，早晨九點多鐘，峨眉弟子們開始慢慢聚集在孔雀臺上，王小軍他們是今天下午的飛機，按時間，這個點兒就要從峨眉出發，大家都自發地前來相送。

當王小軍到了孔雀臺，不禁拽著胡泰來提心吊膽道：「你說她們是來給咱們送行的，還是被我搶了早點的人來報仇了？」

唐睿率先走過來道：「師兄，我們來送你一程。」

王小軍嘿嘿一笑道：「原來不是報仇的，這我就放心了。」他嘴上說笑，心裡其實感動不已，這時大家都來送別，看來是因為余巴川的事，她們把他當成了自己人。

這時峨眉四姐妹越眾而出，江輕霞笑盈盈的，卻直接略過王小軍拉住唐思思的手殷殷囑託，王小軍頗覺尷尬。

韓敏走上前道：「小軍，前路艱險，我祝你馬到功成。」

王小軍使勁點頭道：「謝敏姐，你也保重。」

韓敏一笑道：「好的，我沒打算減肥。」兩個人哈哈一笑。

冬卿面無表情道：「王少俠，歡迎你以後來峨眉做客，祝你一路順風。」一句很常見的送客辭令，一如冬卿的做派。

王小軍走近冬卿，小聲道：「三師叔，你還年輕，長得也不醜，愛笑的女孩運氣總不會太差，你以後要多笑一笑。」

郭雀兒樂呵呵地看著王小軍和師姐們道別，輪到她時，王小軍誇張地和她在半空中對了一掌，兩人都是跳脫的性子，彼此最對脾氣。

「四叔，你要多運動保持身材啊，嘖嘖，你都有九頭身了吧？」

郭雀兒樂不可支道：「我看你要多運動才是，人在江湖不可能真正無敵，有門輕功打底，打不過跑得過才是王道。」

王小軍認真點頭道：「這個建議我一定接納，以後咱倆比一比，看誰走得多！」

郭雀兒掩口道：「那我未必比得過你，我在天上的時間比在地上長，論步數每天也就一兩萬。」

這時江輕霞已經和胡泰來道過了別，冷不丁道：「王小軍！」

王小軍愕然回頭，兩人面面相覷，王小軍一改常態，竟不知道要說什麼了。

江輕霞笑道：「以後……你就叫我輕霞吧。」

王小軍局促地點頭：「好。」

「見了淨禪子道長以後代我問好。」江輕霞咯咯嬌笑道，「不過你可要小心，不要被人家一陣太極神功就哄得暈了頭。」

王小軍聽出江輕霞這是半開玩笑半提醒自己，其中夾雜著玩味和關切。

昨夜他和江輕霞有過那段尷尬又甜蜜的經歷之後，其實事後他想過，就算胡泰來不來攪局，他們之間也未必會發生什麼，昨天發生了太多的事，這位峨眉掌門或許只是歷經了太多風雨，想在自己懷裡休憩片刻，他和江輕霞境遇相仿，都有一大堆外憂內患要處理，這種相同的遭遇最能激起人和人之間的認同感，卻不一定就是喜歡，想到這兒，他坦然道：

「輕霞，你也加油，峨眉一定能在你的手上發揚光大。」

眾人包括胡泰來和唐思思都很少見他如此一本正經地說話，頗不習慣。

韓敏朗聲道：「江湖兒女就不要婆婆媽媽了，咱們就此別過，我們就不陪各位下山了。」

吳姐拉住唐思思的手道：「掌門她們讓我轉告你一聲，唐傲已經不在山下了，如果他要再出現，你們就回山上來，咱們再想辦法。」

唐思思衝峨眉四姐妹點頭致意，三人在大家的目送下往山門走去。

在半山腰上，王小軍回望峨眉山，只見山間鬱鬱蒼蒼，整山挺拔秀麗，山谷雲煙縹緲如同仙境，他們三個剛來時心情緊迫，都沒心欣賞過這樣的美景，這時臨別才依依不捨，王小軍更是百感交集，在峨眉的這段經歷是他人生路和江湖路上一個永難忘懷的回憶。

「咱們真的不買票去峨眉的主峰玩玩了嗎？十方普賢很有名的！」王小

軍嘟囔了句。

唐思思笑嘻嘻道：「以後總有機會的，難道你以後不來峨眉了？」

王小軍看看她道：「你這話是按本意理解呢？還是話裡有話？」

唐思思笑道：「你猜。」

胡泰來走上來道：「我覺得她是話裡有話……」他支支吾吾地說，「小軍，昨天晚上我是不是不該去找你？」

王小軍無語道：「老胡，我怎麼看不出來你這個人也這麼不厚道！」

唐思思愈發掩嘴道：「是你自己越描越黑。」

王小軍還想說什麼，最終閉上了嘴，這種事可不就是越描越黑麼。

三人一路有說有笑下了山，唐思思不免仍舊有些提心吊膽地左右張望，胡泰來迷糊道：「思思，你二哥什麼時候來了峨眉山？我怎麼不知道？」他當時在專心練纏絲手，所以王小軍和唐思思都沒告訴他。

唐思思發愁道：「還不是我們家那些破事，你就別問了。」

王小軍忍不住道：「思思，我和老胡都今非昔比，你二哥再厲害，能當著我們的面把你帶走嗎？」

唐思思警告道：「你們千萬不要抱著這個念頭，連想都不要想！碰到我二哥，你們是沒有任何機會的！」

王小軍道：「因為他的『散花天女』是像熱兵器一樣的冷兵器嗎？」

唐思思站在原地道：「我要額外提醒你一句，我二哥生平最討厭別人拿這句話來形容他，你就算見了他，也不要這麼刺激他！」

王小軍納悶道：「為什麼，這不是誇獎他暗器打得好嗎？」

唐思思道：「從記載唐門的史書上來看，唐門以前是江湖上一等一的大派，名聲實力絲毫不比你們鐵掌幫或者少林武當差，你覺得它為什麼能有這樣的輝煌？」

王小軍摸著下巴道：「因為史書是你們唐家人寫的？」

唐思思哼了聲道：「當然不是，我提醒你一點，唐門是從晚清和民國以後走下坡路的。」

胡泰來忽然道：「那是因為那時候熱兵器逐漸普及了。」

唐思思看了胡泰來一眼，道：「沒錯！自從火藥槍支普遍應用以來，暗器打得再好也沒用了，而唐門除了暗器知名以外，拳掌功夫都不能和別的大派相提並論，沒落也就成了必然，所以唐家人對熱兵器向來沒什麼好感，尤其我二哥，一提到這三個字就要發飆，你這麼形容他，他能不著惱嗎？」

王小軍撇嘴道：「那也不能螳臂當車，阻礙歷史車輪的滾滾前進啊，你二哥要真不服，讓他找一個拿槍的人比試比試，看誰能把誰撂倒！」

唐思思不悅道：「你還別說這種話，十米以內你說的這種情況，我二哥至少有九成九的勝算，他只要盯上你，你是絕沒有機會出手的，而一般的手槍在十米內的準確率有多高？你以為人人都是電影裡的神槍手嗎？」

王小軍道：「要打就公平地打，手槍在五十米都有殺傷力，還有種狙擊槍在兩公里內能爆頭，你二哥才是把胳膊甩掉都沒機會的那個人吧？」

唐思思狠狠瞪了王小軍一眼，在這種時候，她到底還是向著自己家人的。

三人下山後走到了小鎮裡，這會兒鎮裡的人們大概都去田裡幹活了，小路上顯得空蕩蕩的。

前面的路口忽然轉出一個青年，他緩緩走到馬路中間，轉過身來，淡淡道：「三妹，你跟我回去吧。」

「二哥?!」唐思思失魂落魄地叫了一聲。

王小軍大吃一驚道：「你就是唐傲？」

他吃驚不是因為別的——站在他們面前的這個年輕人大約二十五六歲的

樣子，消瘦、有些駝背，穿著一件上世紀八九十年代中學生常穿的白襯衫，本來就不大的衣服在他身上都顯得空蕩蕩的，最主要的，鼎鼎大名的唐門第一高手、善打暗器的唐傲戴著一副醬油瓶底似的眼鏡！

他居然是個高度近視眼！

就他這個形象，說他是北大清華的研究生差不多，甚至你說他正在研究核能治理霧霾也有人信，就是不像個武林高手，簡言之，唐傲很適合給全天下學霸做形象代言。

唐傲看了王小軍一眼，面無表情道：「我就是唐傲，你是王小軍吧？」

唐思思道：「峨眉派的人不是說你已經不在山下了嗎？」

唐傲扶了扶眼鏡道：「我不想讓她們發現我的時候，她們自然就發現不了我，我並不想惹麻煩。」

唐思思訥訥道：「你也要把我帶回去嗎？」

唐傲慢條斯理道：「三妹，躲躲藏藏寄人籬下都不是辦法，你的事遲早得你回去跟爺爺說清楚，從這個角度來說，我確實是要帶你回去的。」

王小軍向前一步道：「如果我表示不同意見呢？」

唐傲看著他道：「你可以表達不同意見，作為我三妹的朋友，你肯出來

保護她我要感謝你，可是唐家的事不是你想的那麼簡單，我今天放她走，不代表她一勞永逸地解決問題，我這麼說你能懂吧？」

王小軍搖頭道：「我懶得懂，我只知道我要是有個妹妹，我絕不會死拉硬拽讓她回去嫁給一個她不喜歡的人。」

唐傲淡淡道：「那沒辦法了，我還是要帶走思思。」

王小軍攤手道：「那只好動手嘍？」

唐傲道：「我知道你一掌就打敗了我大哥，但這說明不了什麼，在這個距離內，憑你的修為肯定不是我的對手。」

他說話永遠不冷不淡，就像在陳述一件事實，既不炫耀也不激進。

他和王小軍之間隔了差不多十步左右的距離。唐思思急道：「二哥，我不許你對我的朋友下手！」

唐傲道：「我本沒打算對他下手，是他逼我的。」

王小軍忽然嘿嘿笑道：「聽說你的散花天女被譽為像熱兵器一樣的冷兵器，我倒是想見識見識！」

唐傲瞳孔收縮道：「真的？」

唐思思臉色瞬間慘白，她飛身擋在王小軍面前道：「二哥，我跟你走。」

王小軍道：「思思，你讓開，我真的想看看你二哥的成名作！」

唐思思不管他說什麼，只是死死地擋在他身前。

唐傲忽然喃喃道：「江湖傳聞見過我散花天女的人都死了，其實是言過其實了，不過人數真的不多，既然思思的朋友想看，我不妨就給你們看看吧。」

說著，他瘦白的手伸進口袋，掏出一個像小孩玩的彈力球那麼大的一個金屬球來，唐傲把它托在掌心道：「看，這就是散花天女。」

唐思思臉色大變道：「二哥，你不會真的用這個來對付你妹妹的朋友吧？」

那顆金屬球直徑也就在三釐米左右，渾身散發著銀色的金屬光芒，在掌心裡滴溜溜亂轉，樣子十分惹人喜愛，但唐思思卻露出了如臨大敵的神色。

王小軍行若無事道：「這個怎麼玩？裡面有炸藥？生化武器？還是它就是一顆普通鐵球，你能丟出光速來？」

唐傲認真道：「都不是，它是由九百六十一顆影釘攢製而成，一旦脫手，時速能達到三百九十公里左右，施展時，方圓五平米內無論蚊蠅絕無生存的可能，有效距離十八米。」

王小軍掰著指頭算了半天，抬頭道：「我數學不好，沒什麼概念。」

「好！」唐傲一個好字出口，轉身衝街邊一堵土牆揚手，王小軍只覺眼前一片白色極光閃過，那道光芒讓人感到迷離又炫目，像展開了另一個空間，人在這道光面前像是要被吸進去，又像是要被擠出來，它短暫而漫長，似乎永恆又虛無。

王小軍揉了一下眼睛的工夫，一切都歸於平靜，除了那堵轟然倒塌的土牆，甚至沒有任何跡象能證明唐傲剛才已經出手，在那面倒下的牆體上，釘滿了白色的長釘！那些釘子全部只留下芝麻點一般的釘尾，細密均勻地鋪滿了土牆，釘子與釘子之間的間隙不到兩毫米，像是被人量好距離，精工細作地一顆顆敲進去的！

王小軍良久無語，剛才唐傲說的他一個字都不信，現在每一個字都信了！如果唐傲剛才是向自己出的手，那自己現在就是那堵牆，毫無商量的餘地！

王小軍拍了幾下手掌：「厲害，厲害。」勇於承認對方實力的強勁。

唐傲點點頭以示感謝，隨即道：「散花天女你也看過了，所以我能帶思思走了嗎？」

王小軍搖頭道：「不行！」

唐傲瞪大了眼睛：「還不行？你有破解我的方法？」

王小軍老實道：「沒有。」

「那你知不知道如果我再次出手，你就一定會倒下？」

「那也不行！」王小軍道：「如果你是我，在女生面前會認慫嗎？」

唐傲又扶了扶眼鏡道：「可能會，我沒你那麼幼稚，你阻攔我的後果除了白丟了性命，什麼也做不了。」

就在這時，胡泰來忽然用極低的聲音在王小軍耳邊道：「我數到三，先衝上去當肉盾，你跟緊我，近戰制服他——一！」

唐思思大聲叫了起來：「你不要命啦？」她冷不丁轉向唐傲道：「二哥小心，他們要硬衝過去！」

胡泰來苦笑道：「思思你這是幹什麼，他的飛針再厲害未必能釘死人！」

唐傲不動聲色地又掏出一顆散花天女攥在手裡，緩緩道：「剛才那一顆無毒無害，確實不一定能要人命，但是這一顆就不一樣了，只要你被其中一根釘子擦一下，我保證你立刻像被注射了給大象用的麻醉劑一樣，連眼皮都不能動一下！我還有那種見血封喉的，想必你們不願意嘗試吧？」

王小軍瞪了唐思思一眼：「看你幹的好事！」

其實他只是說說，他也不願意胡泰來去冒這種險，而且唐思思的用意他和老胡豈能不明白——提前叫破他們的計畫，正是為了不讓他們犯險，可如今僵持不下，連拼命的機會都沒有了。

就在這時，有人沉聲道：「我聽說這裡有人要限制他人人身自由？」

對面的小街上，一個身穿警服的老員警大步走出，王小軍疑惑道：「是你？吳大隊？」

這老員警正是他在火車上救婷婷時遇到的吳峰。

吳峰朝王小軍笑笑道：「你們找到峨眉派了嗎？」

「托你的福，找到了。」

吳峰轉而看著唐傲，語氣驟寒道：「我說的你都聽見了？」說著，他指了指那面倒塌的土牆道：「而且你還破壞私人財產。」

唐傲道：「你應該知道這是我們唐家的家務事，你真的要管嗎？」

吳峰無懼地道：「從法律上講，違背他人意志就是違法的，哥哥對妹妹也不行。」

王小軍已看出蹊蹺，他偷眼看向胡泰來和唐思思，小聲道：「這老員警到底是誰？」

這個問題當然得不到答案，另外兩個並不比他知道得多。

唐傲把散花天女拿在手裡把玩著，淡淡道：「吳老總，我們唐門向來很配合民武部的工作，你一定要為了這種小事上綱上線嗎？」

吳峰道：「搞出人命來就不是小事了！」

唐傲道：「我可以保證不出人命。」

吳峰道：「再怎麼說我也是警察，你覺得我會眼睜睜看著你賭別人的命嗎？」

「這麼說，你是一定要管？」

「在我的地盤上，我當然要管。」

唐傲冷不丁把散花天女攥在手裡，面向吳峰道：「如果我非要把人帶走呢？」

吳峰左手把警服的下襟提起，露出了腰上的槍套和手槍：「那我也公事公辦！」

唐傲道：「按流程，你得先朝天鳴槍吧？」

吳峰一笑道：「普通警察是這樣，民武部的警察不用。」

唐傲淡淡道：「你覺得你會比我快嗎？」

吳峰道：「不比比怎麼知道？」

兩個人相距十幾步，陷入了無聲卻令人窒息的對峙！

唐傲全身紋絲不動，進入一種穩定的狀態，正如一張上弦搭箭的弓。吳峰右手虛張放在手槍的上方，像美國西部要和人進行決鬥的牛仔，現在誰都能看出老員警不簡單，他除了警察的身分，應該還有著不俗的功力，他手槍的槍柄已經泛白，就像他滿頭的白髮，人和槍在這時已經融為一體。

以這兩個人的功力和修為，無論是散花天女先出手還是槍先響，能確定的就是必然有一個人會倒下，不能確定的是，剩下的那個還能不能繼續站著，這兩個人中任何一個都有重傷後繼續發難的本事，兩敗俱傷甚至同歸於盡都是極有可能的。

吳峰眼睛瞬也不瞬地盯著唐傲，忽然道：「你們還不走？」

王小軍如夢方醒，拽著唐思思就要跑，唐思思卻扒開他的手道：「二哥！」

唐傲用同樣的姿勢和吳峰對峙著，面無表情道：「你說！」

唐思思伸手道：「給我點錢！」

唐傲無語，良久才道：「來拿。」

「把你錢包丟給我。」

唐傲終於露出了一絲苦笑：「思思，你變狡猾了。」

他左手掏出錢包，扔在了地上。王小軍一把搶起交給唐思思道：「這叫近墨者黑，你們唐家人套路太多！」

唐思思接過錢包，不由分說把裡面一大疊現金都抽走，隨即又把癟錢包扔在了唐傲腳下。

唐傲忍不住道：「妹妹，你起碼應該給我留個回去的車錢吧。」

「讓警察伯伯送你！」王小軍拉著唐思思和胡泰來撒腿就跑。

吳峰忽道：「王小軍！」

王小軍邊跑邊說：「你說，我聽得見。」

吳峰道：「這次我幫你，是因為人質事件欠你的情，以後咱們兩不相欠，你也要好自為之！」

「行。」王小軍他們很快就跑沒影了。

三個人跑出老遠之後，王小軍斜眼看著唐思思道：「看不出你還是個財迷！」

唐思思攤手道：「那怎麼辦嘛，總不能一毛錢也沒有就上武當吧？」

王小軍想想也是，江輕霞給他們訂好了去襄陽機場的票，雖說最大的開銷有著落了，可這改變不了他們身無分文的事實。

王小軍一邊加快步伐，一邊不住回頭張望，唐思思瞪他一眼道：「你現在知道怕啦？」

「乖乖，你二哥就是個噴霧劑啊，九百六十一根針，還有整有零的，他是夏天打蚊子練的吧？」他越想越覺得害怕。

唐思思道：「你真覺得他會用這種武器去打蚊子嗎？光九百六十一顆製作精良的影釘就得上萬，每顆誤差不能超過頭髮絲，再費工費時地把它們攢製起來，一顆散花天女的造價不菲，這還不算後期上毒、打磨。」

王小軍咋舌道：「你二哥為了嚇唬我們，出手就打了一輛國產車啊！早知道我應該錄下來天天觀摩。」

唐思思哼了聲道：「最可氣的是，你還當著他的面提什麼熱兵器，你是故意的吧？」

王小軍油嘴道：「只有在敵人生氣的時候我們才有機會嘛。」

「沒機會。」胡泰來實事求是地道：「散花天女其實就是顆由釘子做成的圓鐵球，唐傲靠強勁的腕力把它抖散，憑這份功夫，他打別的暗器我們一樣躲不過，剛才我也是被逼無奈才打算跟他拼命，現在想來，我們真的是毫無勝算。」

「剛才那種情況本來還有個辦法是萬無一失的，可你們誰也沒想到。」唐思思忍不住劇透了一句。

「什麼辦法？」王小軍和胡泰來一起問。

「拿我做人質啊！」唐思思道：「我二哥是要帶我回去，總不能打死我吧？你倆只要躲在我身後再帶著我走不就行了？」

胡泰來無語道：「這叫什麼辦法？」

王小軍卻道：「下次可以試試。」

「還有下次？以後見了我二哥，咱們趁早逃之夭夭！」

王小軍忽道：「吳峰說的那個民武部你們誰知道？思思，你二哥顯然以前經常跟他們打交道，你也沒聽說過嗎？」

唐思思搖搖頭。

「嗯。民武部——民間武術研究部？協調部？指揮部？」王小軍胡亂猜測著，他當然不會想到自己脫口而出的第一個名詞就是正確的答案。

胡泰來皺著眉道：「但願他和唐傲不至於真的動手！」

王小軍他們走後，唐傲彎腰撿起了地上的錢包，隨即問吳峰：「能走了嗎？」

吳峰卻保持姿勢不變道：「你去哪？」

唐傲聳肩：「你覺得呢？我可是身無分文。」

「你可以走了，有些人還不能。」

唐傲奇道：「你什麼意思？」

吳峰忽然提高聲音道：「王兄，你也該露面了吧？」

王靜湖從旁邊的屋頂飄然而落，魁梧的身體落地之後竟然靜默無聲。他詫異道：「你知道我是誰？」

吳峰道：「大名鼎鼎的鐵掌幫二號人物來了四川，我當然知道！」

王靜湖面有怒色道：「自打我一下飛機你就死盯著我，到底想幹什麼？」

吳峰道：「這也正是我想問你的——拜訪武林同道本來是很正常的事，你卻每夜戴著面具潛入峨眉東摸西找，你到底想幹什麼？」

王靜湖冷冷道：「我要幹的事既不違背江湖道義，也不犯法，所以你們民武部管不著！你以為你鬼鬼祟祟綴在我身後我沒發現嗎？我是懶得搭理你。」

吳峰一笑道：「如果你說的是真的，那就再好不過了，四川是民武部的總部，出什麼岔子，我對上對下都不好交代，下次王兄若光明正大的來，咱們兩個不妨喝上一杯，也省得老哥我提心吊膽，怕你有什麼出格的舉動。」

唐傲扶了扶眼鏡道：「原來你是為了跟他，無意中才撞上了我？」學霸頗覺無辜，現在才知道自己是被殃及的池魚。

王靜湖一雙閃電眸子盯住唐傲道：「你剛才若是出手，現在一定會後悔的！」

唐傲又聳聳肩，一副不在乎的樣子。

王靜湖拔腳就要走，吳峰突然道：「我一直納悶，剛才王小軍出來的時候你本來要現身，為什麼發現了我之後，你又藏起來了？你們父子之間難道有什麼秘密？」

王靜湖腳步一頓，隨即道：「這個你就更管不著了。」

「好吧。」吳峰沒有追問，三個人看似就要分道揚鑣，王靜湖終於還是忍不住道：「你們兩個誰知道王小軍下一步要去哪裡？」

唐傲道：「我也很想知道。」

吳峰剛想說什麼，他的手機螢幕一亮，接到一條訊息：

「王小軍昨日在峨眉大敗余巴川，今日乘飛機飛往湖北襄陽。」

吳峰震驚得差點把手機扔了。昨天他因為參與一件案子，把跟蹤王靜湖的任務暫時交給了一個手下，據手下說，王靜湖自從昨天下午之後就一直待在客棧裡沒有外出，今天他交班後就守在門口，直到發現唐傲。他知道只要唐傲傷到王小軍，等著他的將是一個不可收拾的爛攤子，於是他出面阻止了唐傲，可王小軍大敗余巴川是怎麼回事？王小軍居然有這樣的實力？

一時千頭萬緒把吳峰都搞懵了，現在唯一能確定的，就是接下來他肯定有得忙了，蜀中江湖勢必要熱鬧一陣！

王靜湖察言觀色道：「你是不是有王小軍的下落了？」

吳峰道：「禮尚往來，你不肯對我說實話，我也沒必要……」

不等吳峰說完，王靜湖身形一閃，單掌在吳峰面前一引，右手閃電一樣把他的手機搶了過來，吳峰本也是武功高手，一愣之下居然著了對方的道，他驚怒中去拔槍，王靜湖左掌兩根手指向下一劃一提，手槍的擊錘被他掰走，隨即他一邊低頭看手機，一邊遠遠地掠上了房頂。

這時唐傲也出手了！兩根一扎長的飛針直射王靜湖後心，王靜湖頭也不回，揮手彈開飛針，背對著二人把手機上的字逐一看完，他甩手把手機扔還給吳峰，再一閃消失不見了。

吳峰雙目怒睜，右手的大拇指在手槍的擊錘部位來回摸著，那裡只剩下一個洞……

唐傲探頭看了幾眼，淡淡道：「我猜你也不會把你的訊息轉發給我的，對吧？」

吳峰轉頭怒視。唐傲息事寧人地擺擺手，走了。憑唐家的勢力，查出王小軍的下落並不是難事，無非就是慢一步而已。

·第二章·

初上武當

武當山山路寬闊，進去不久就看到幾所古代建築風格的道觀，是一個旅遊條件和設施都很成熟的景區，跟峨眉山局促險秀的風姿大異其趣。山谷深幽層雲縹緲，遠山處不時有中小型的道觀閃現，氣象格局較之峨眉更為堂皇。

對山腳下的事，王小軍他們一概無知，三個人這會兒走進機場，王小軍顯得十分興奮。

「這還是我人生第一次坐飛機呢！」王小軍道。

「我也是！」胡泰來忍不住東張西望。相對這兩個窮人家的孩子，唐思思表現得很淡定。

三人運氣不錯，上了飛機後準點飛行，不一會空姐開始分發午餐，王小軍吃得不亦樂乎。

胡泰來似乎有心事，一邊吃一邊訥訥道：「小軍，要不咱們落地以後分兩路去武當吧，你和思思就當不認識我。」

王小軍和唐思思一起奇怪道：「為什麼？」

胡泰來為難道：「我師父交給我的任務我還得完成，上了武當之後免不了要和他們切磋，你也知道，這在一般人眼裡其實就是踢館去了，雖然我沒可能贏，畢竟是得罪人的事，你有求於人家，別因為我留下不好的印象。」

王小軍不在乎道：「沒事，武當的人不至於那麼小氣，劉老六不是說了麼，像你這樣的武林晚輩一到那兒，人家就明白你的用意了，無非是想加入武協先去露個臉，堂堂武當掌門要因為這個就生氣，那他一年到頭不得氣得胃出血？」

胡泰來謹慎地道：「總歸你是去求人，注意把性子收斂收斂。」

唐思思笑道：「是啊，峨眉派沒有尼姑，武當派卻全是道士，你別逮著什麼都胡說，觸了人家的霉頭。」

飛機降落後，王小軍他們隨著人群走向抵達大廳，幾個人心裡都沒底，三個人到了出口一看，接機的人裡倒是有幾個拿著牌子，不過不是公司就是旅遊團接人。

其中一個二十來歲的農村後生背對著人流，正蹲在地上用手裡的紙片扇風，他見眾人都往前湧，才突然想起自己來的目的，急忙轉身把紙片高高舉起，上面寫著幾個大字：接王小軍！

王小軍走上前去：「大哥怎麼稱呼？」

農村後生微微一愣之後道：「你就是……」

「我就是王小軍。」

後生憨厚一笑：「叫我小丁就行了，咱走吧。」他見唐思思和胡泰來也跟了過來，隨口道，「這都是你朋友啊？」

唐思思和胡泰來對視了一眼，合著人家只是來接王小軍，壓根就不知道

還有倆跟班。

小丁領著三人走了老遠，來到路邊的一輛破舊的麵包車前，不好意思道：「也不知道你們會不會晚到，就沒往停車場裡放，怕不划算。」

王小軍道：「沒事，那就辛苦丁哥了。」

四個人上了車，小丁叼上根菸，打著火道：「那咱們直接上山了啊？」

王小軍聽了道：「丁哥你說的山是……我這麼問吧，武當派是在武當山上吧？」

小丁失笑：「聽這話說的，武當派不在武當山上還能在哪兒？」

「哦。」因為峨眉派所在的峨眉山就不是普通人理解的那個峨眉山，他才有此一問，現在聽小丁話裡的意思，武當派至少就在武當山上。

小丁開車上路，三個人不住偷眼觀察他，越看越覺得此人身分成謎，他理了一個三分頭，穿著件過時的紅色背心，在開車的過程中把下襟捲在肚臍上，從言談舉止和裝扮來看，沒有任何一點方外之人的樣子……

胡泰來忍不住道：「丁兄，難道你是武當派的俗家弟子？」

小丁連忙道：「哪兒啊，我就是武當山下一個賣菜的，山上的道長們有時候用車才找我。」

王小軍哈哈笑道：「我就說嘛，看你開車也不像練過太極拳的樣子。」

小丁納悶道：「這你是怎麼看出來的？」

「你打方向盤都打不圓！」

小丁一愣，跟著也哈哈大笑起來。

唐思思不滿地撇撇嘴，心裡有點不高興，就算沒有江輕霞的面子，她怎麼說也是唐門的大小姐，之前孤身走到哪兒，當地的大小門派都是迎來送往的，就算唐門不如武當名聲大，也不該如此怠慢吧，居然派個農民開輛破車來接！

王小軍倒是無所謂，知道小丁不是武林中人，就和他聊本地風土人情，小丁精幹熱情，什麼話題都能聊，在他眼裡，王小軍他們大概是某位道長的遠親來武當山旅遊而已。

小丁開進了一個小鎮，然後就看見寫著「武當山」三個大字的石門，再往前不遠就是武當山景區了。初秋時分正是旅遊的旺季，王小軍他們一眼就看到景區門口排隊的人潮正順著曲迴的護欄緩緩進山。

「我去買票吧。」胡泰來道。

「買啥票啊？看我的！」

小丁把車開到景區大門前，頭都沒往外探出去一下，直接按了兩聲喇叭，保安們似乎都認識這輛破車，大門轟隆隆地打開，小丁大搖大擺地開車進了景區，揚長而去。那些還在排隊的遊客們看得眼睛都直了。

「想把車直接開進武當的大門，任憑你多有錢也不行！就我這破車可以。」小丁洋洋得意道，

現在王小軍他們才終於享受到一點作為武林人士的特殊待遇了。

武當山山路寬闊，進去不久就看到幾所古代建築風格的道觀，這是一個旅遊條件和設施都很成熟的景區，跟峨眉山局促險秀的風姿大異其趣。武當山山谷深幽層雲縹緲，遠山處不時有中小型的道觀閃現，氣象格局較之峨眉更為堂皇。

王小軍問：「呃，咱們接下來去哪兒？」

「我是受王道長之託接你們來的，現在我就送你們去見他。」

「王道長？」王小軍只知道武當掌門道號叫淨禪子，卻不知道他是不是姓王。

小丁開著車東拐西拐，隨著山路逐漸崎嶇，遊人也稀少起來，最後小丁把車停在一個像是遊客中轉點的地方，他叫眾人稍等，自己下車，很快叫出

一個中年道士，看來此人就是王道長。

王道長身材微胖，一見人就熱絡地發名片，名片上只有道號沒有俗家姓氏，然後上面各種道教、宗教協會的名頭一大堆，終究也看不出他在武當派中是什麼地位，但總歸不是掌門就對了。

至此小丁任務完成，和眾人作別開車下山，王道長領著三人沿一條偏僻的山路往上走。

這回王小軍他們都留了心眼，特意觀察王道長輕功底細，卻見他深一腳淺一腳地走著，不住掏出寬大的手絹擦汗。這時節別人都是背心短褲，王道長卻高挽髮髻還穿著道袍，可是出這麼多汗正常也不正常，走這些路就算普通的峨眉弟子也不至於累成這樣，以王道長這個年紀，應該是高手才對啊。

王小軍看這裡遊人已經絕跡，當下神秘兮兮地試探道：「王道長，大家都是武林同道，你就別藏著掖著了，能飛你就飛吧！」

王道長扶住一棵樹喘息了半天才苦笑道：「還飛？能走就不錯了。」他指著不遠處道：「咱們要去的地方就在那兒。」

王小軍順他手指的方向一看，見山間建著一棟三層小樓，有門廳、有旋轉門，門廳上寫著「武當別院」四個字，儼然是所小型賓館的樣子。

王小軍納悶道：「你不是要帶我們去見掌門？」

王道長隨口道：「你見掌門幹什麼？」隨即又喘了幾口氣才把眾人領進了武當別院裡。

大堂裡冷氣開得很足，櫃檯後面西裝革履的櫃檯人員見到王道長後，起身打了個招呼，王道長點點頭，抄起一瓶礦泉水灌了幾口道：「給這幾個小朋友辦個入住，發票還照以前那麼開。」

王小軍聞言掏出了身分證，結果櫃檯看也沒看，直接開了三張房卡遞過來。

王道長對王小軍道：「有什麼需要就跟櫃檯說，來了就好好玩吧。」

王小軍剛想說什麼，王道長揮揮手道：「明天相關部門的領導要來視察，我先去安排一下。」說完便急匆匆地走了。從他的言行舉止看，更像是一個企業負責招待的小主管……

三人無法，只好先一起進了王小軍的房間。

這裡住宿條件不錯，起碼算得上是三星，唯一不同的是床頭櫃上擺著各種道教經典，邊上是好幾盒線香，床頭畫著一個大大的八卦。

唐思思觀察了一會道：「看來這裡是武當派的招待所。」

王小軍奇道：「招待所為什麼建得像怕人找著似的？」

這裡確實很偏僻難行，要不是前有小丁相送，後有王道長帶路，一般遊客很難到達這裡。

胡泰來推測道：「應該是只接待自己人的地方，比如外地道友什麼的。」

唐思思有些鬱悶：「他把我們安排在這兒算什麼？」

王小軍異想天開道：「難道是等我們沐浴焚香後才接見咱們？」隨即道：「既然都來了，那就先玩玩吧。」

唐思思和胡泰來眼睛一亮，說到底都是年輕人，既然到了大名鼎鼎的道教仙山，反正現在也沒事可幹，哪有不趁機玩一下的道理。

三人簡單洗漱了一下，出了武當別院，又順著來時的山路走到遊客中轉點，隨便坐了輛大巴往金頂方向去。

這會兒是傍晚時分，很多景點都已經只許出不讓進，王小軍他們只好在遊客集散中心附近的店裡看了看所謂的武當大寶劍。逛了一會兒，唐思思提出要吃飯，三個人走走轉轉，挑了一間很不起眼的小飯館。

這間店是一對夫妻開的，中年夫婦一看有客人來了，一起起身殷勤招

呼，老公滿臉和氣，老婆忙不迭地介紹本店特色。三人點了兩葷一素一個蛋花湯，心情愉快地邊吃邊聊，唐思思還品評了一下老闆的手藝，結論是湊合能吃。

到結帳的時候，老闆娘拿了一張油膩膩的紙過來，王小軍一看傻了：居然要四百八十七元！

「是你沒點小數點還是我看漏了？你能告訴我這頓飯哪裡值五百塊嗎？」王小軍按住性子，用平靜的口氣問。

「你沒看錯，這不是有每道菜的價目嗎？」老闆娘已經不那麼和善了。

王小軍捏著紙道：「飯十塊錢一碗也就算了，這條魚將近三百，一盤臘肉筍尖一百多，這兩道菜貴在哪兒我想虛心請教一下——你要說你是米其林餐廳我就認了！」然後他一指唐思思，「或者你說你覺得自己手藝好，我讓這個妹子跟你比比，你吃完還說手藝比她強，那我也認了！」

這時老闆懶洋洋地發話了：「別較真了後生，在旅遊區吃飯有葷有素有湯的，花五百不冤，我告訴你貴在哪兒，我讓你們挑魚的時候，是你們自己說隨便的——你端著那個魚骨頭隨便去一家店問問值不值這個價？」

王小軍頓時知道問題出在哪了，老闆讓他們挑魚的時候，他確實大手一揮說隨便，水箱上價碼標得很清楚，便宜的有十幾塊的，貴的一斤就百十多塊，他這一隨便可就不占理了。

三個人知道吃了啞巴虧，悻悻地結帳走人。

天色黑下來的時候，三人回到了武當別院，從亮著的燈光上看，這裡確實沒有別的房客，櫃檯見了他們都客客氣氣地打招呼，除此之外，既沒有任何口信，更沒有武當方面的人來過問，三人累了一天，索性早早睡覺。

第二天一早，王小軍他們在賓館吃了免費的早餐，然後就坐在大堂裡犯了傻，他們雖然身在武當山，卻不見武當派，這可比當初索性找不到峨眉派更讓人抓瞎，幾個人一商量，最後決定主動出擊去拜訪淨禪子。

王小軍走到櫃檯留下了自己的電話，囑咐一旦有人找就馬上通知他們。隨即準備出發。

那櫃檯人員笑容可掬地提醒他：「幾位要出去玩的話，憑我們這裡的房卡，山上的一切設施和景點都是免費的。」

唐思思不滿道：「怎麼人家把我們當成蹭住蹭玩的關係戶了？江輕霞究竟是怎麼跟武當的人說的？」

王小軍緩頰道：「算了，她一個剛上任一年的小掌門跟淨禪子肯定也熟不到哪兒去，都是上市公司，年營業額一千萬的能和馬雲提條件嗎？」

胡泰來道：「可是看王道長的樣子也不像是會武功啊。」

王小軍揚手道：「管他呢，武當山上這麼多老道，我就不信找不著一個靠譜的！」

三個人出了賓館，這次見哪兒遊客多去哪兒，東轉西轉，果然給他們找到幾個穿著道袍的道士，但是提到掌門人，這些道士不是一問三不知就是默然無語，情形完全跟峨眉山下相同。

這時迎面又走來一個老道士，胡泰來抱著試試看的心態上前抱拳行禮道：「道長你好。」

老道士一愣，勉強回了個道教拱手禮。

胡泰來恭敬道：「道長，我們有事要見貴派掌門，您能給我們引薦一下嗎？」

老道士索性放下手，微微一笑道：「你們上山來玩圖個開心就是了，要是人人想見掌門就見，那他老人家還有時間幹別的嗎？」

老道士看來和遊客打過不少交道，類似的荒唐要求聽過不少，能這麼心平氣和地說話算是態度不錯了。

王小軍想起賓館櫃檯的話，靈機一動，故意把房卡亮了一下，那老道士一看，果然表情緩和了很多，和顏悅色道：

「原來是同門小道友，掌門這幾日本來不在山上，不過湊巧今天在金頂有場法會要參加，幾位也算和他有緣。」

唐思思又驚又喜道：「請問幾點開始？」

老道士道：「你們現在就去，到了那兒大概還能趕上。」

「多謝您了！」告別了老道士，王小軍興奮得一揮拳，心裡總算踏實了不少，道：「原來淨禪子今天才回山，咱們快走。」

胡泰來仰望雲端道：「就怕咱們爬上去，法會都結束了。」

他們此時還在山腳，按老道士說的，法會馬上就要開始，金頂在武當山最高峰天柱峰的頂端，要是爬的話恐怕得花幾個小時。

王小軍捏著房卡，衝空中纜車的售票處一指：「咱們坐那個上去！」

在纜車裡，唐思思一邊俯視外面縹緲的雲層和山巒景色，一邊擔心道：「咱們幾個按說是武林人士，又都是晚輩，坐這個上去拜見淨禪子，不會被他用太極拳給打下來吧？」

下了纜車又往上爬了好長一段距離才到金頂，今天因為有法會，所以周

圍圍起了隔離帶，遊客們就在隔離帶外探頭張望。

王小軍一直以為所謂金頂是類似於金鑾殿的地方，此刻一看不免失望，原來金頂就是一個銅製的像小涼亭似的建築，裡面供著五尊鎏金神像，不過細看之下，發現這亭子周身流光溢彩而又不失質樸，看介紹是明代建成，這才感覺到不凡之處。

隔離帶邊上，電視台的記者們一簇簇地舉著麥克風，扛著攝影機，還有一些西裝革履的大概是本地官員，這時也都站在台階下面，一名老道士在眾門人的前呼後擁下正跪在金頂前上香祭拜。

老道士鬚髮皆白，精神矍鑠，祭拜完神像後淡然地起身，語氣平和道：「禮成。」

唐思思見他道骨仙風的樣子，不禁感慨道：「淨禪子好有風範。」

胡泰來看了半天，遲疑道：「這武當掌門當屬絕世高手，從外表竟看不出半點端倪。」

王小軍鄙夷道：「絕世高手嘛，自然都是神采內斂，咋咋呼呼的，那是天橋賣藝的。」

當下官員和記者們都有專人陪同下山，淨禪子在十幾個門人弟子的圍護下向山腰的休息處走去。看熱鬧的遊客們都心滿意足地散了，王小軍尾隨淨禪子往前衝，有幾個小道士便出手將他攔住。

王小軍揚著手裡的房卡連聲道：「自己人！自己人！」

他拿著這張房卡無論是坐纜車還是進收費景點都無往不利，工作人員往往高看他一眼，算是嘗盡了甜頭。果然，那幾個小道士見了房卡上的「武當別院」幾個字也都是一愣。

淨禪子聽到動靜回身掃了一眼，微微笑道：「既然同是道友，就讓他們隨我來吧。」小道士們急忙把王小軍他們讓了進來。

淨禪子到了金頂下面的院中，有道士迎上把眾人引入一間寬敞的屋子裡，淨禪子揮手摒退門人，率先坐下道：「三位小道友也坐吧。」

王小軍他們便在淨禪子下首局促地落了座，此時此刻，王小軍終究還是有點緊張，淨禪子是公認的武林泰斗，自己雖然是「前」鐵掌幫第四順位繼承人，這差距可是天上地下了。

淨禪子看出三個年輕人有點無措，和藹道：「看不出三位年紀輕輕居然都有心向道，可謂善莫大焉，小友們都在哪座仙山修行啊？」

王小軍一聽這是人家在盤問自己的門派，他這會也想明白了，自己等人

上山，淨禪子未必知道，這是碰巧撞上了才得以被接見，倒不見得是人家明知故問，於是忸怩道：「我叫王小軍，以前是鐵掌幫的，後來投入峨眉門下，不過很快就被開除了，說起來現在是無門無派。」

「哦哦。」淨禪子點了兩下頭，看樣子是不明所以，可出於禮節又不好再細問，他換個話題道：「小道友是有什麼道法上的問題要和貧道一起參研嗎？」

「參研？」王小軍納悶地想：這老道也太會搞笑了，我既然明說了自己是武林中人，誰和你參研什麼道法，當下索性道：「道長，我來武當是有件事想請您幫忙。」

「不妨說來聽聽。」

王小軍調整了一下語氣，緩緩道：「武協您想必是知道的，我爺爺王東來再有兩個月不在武協露面，就會被取消身分，青城派的余巴川您也不陌生吧？他想利用這個機會頂替我爺爺的位置，居然派人去鐵掌幫暗算我……」

他把這段時間青城派的所作所為、怎麼誤傷了胡泰來，自己怎麼上了峨眉山拜江輕霞為師，詳細地敘述了一遍，然後說道：「所以我想您幫的忙，就是在武協大會上阻止余巴川進入常委，我知道這事很冒昧，但余巴川的為人您也該清楚，這人心術不正，要是讓他入了常委，那武協可就要走上不歸路了。」

王小軍一口氣說完，唐思思和胡泰來都衝他暗暗地挑了個大拇指，難得他思路清晰地把一件事說清楚，更難得的是在這麼長的敘述中沒有胡說八道。

淨禪子聽完，良久之後才搔了搔花白的頭髮，滿臉迷茫道：「老道可糊塗啦，青城派和我們武當同屬全真教門，青城派的掌門通玄道兄向來恬淡謙恭，怎麼你說的事情，我半點也和他聯繫不上？」

王小軍憤然道：「這個余巴川真會裝，還通玄——」他轉頭問唐思思，「余巴川還有個叫通玄的道號嗎？」

唐思思遲疑地搖了搖頭。

王小軍轉念一想隨即醒悟——江輕霞在他來前就提醒過他，不要被老道的太極拳打得暈頭轉向，看來是有先見之明的，這淨禪子假裝一問三不知，可不是要借力化力嗎？

王小軍嘿嘿一笑道：「道長您就別打馬虎眼了，行就行，不行……我明天再來問問。」

淨禪子不悅道：「貧道打什麼馬虎眼？」說著拂袖而起，看樣子竟是要下逐客令了。

王小軍嘿然，他本也沒想著一次就能成功，今天不行，大不了明天再來，就算最後老道也不鬆口，只要這件事給他留個印象就是達成目的，所以他也沒往心裡去。

胡泰來眼見以後說不定還能不能再見淨禪子，急忙起身抱拳道：「晚輩是黑虎門弟子胡泰來，有個無禮的請求，想見識一下淨禪子道長的太極拳，希望道長不吝賜教。」

淨禪子一愣，繼而恍然道：「你們……你們要找的是武當掌門吧？」

三個人一起吃驚道：「你不是武當掌門？」

「淨禪子」道：「貧道乃是武當掌教，法號妙靈子。」

王小軍目瞪口呆道：「您和淨禪子是什麼關係？」

妙靈子道：「武當作為一個教派，我是掌教；作為一個武林門派，他是掌門，有道友參研道法、主持法會找貧道沒錯，像這位小友指教武功，就要去找淨禪子了，貧道這麼說你們明白了嗎？」

王小軍喃喃道：「就是一個系統兩個單位就對了？」

妙靈子笑道：「差不多吧。我見你們在武當別院入住，還以為是外地哪位道兄的高徒來找貧道論道，沒想到是誤會了。」

唐思思無語道：「道長是把咱們當成道教學院的學生了。」

王小軍崩潰道：「果然是誤會了，那麼我們想見淨禪子道長，您能不能給引薦一下？」

妙靈子道：「我和淨禪子各司其職互不干涉，你們想見他，就得去找武當派的門人。」

胡泰來抱著萬一的希望道：「那道長您也會太極拳吧？能不能賜教一番？」

妙靈子瞪起眼睛道：「會也是為了養生練過幾手而已，再說老道都快七十了，你忍心和我打架嗎？」

王小軍小聲提醒胡泰來：「他這個歲數的老頭躲還來不及，你還敢跟人動手？要是把這位碰撞出個意外，全國的道士都不會和你善罷甘休！」

胡泰來聽了，忍不住一激靈。

王小軍朝妙靈子鞠了一躬道：「給道長您添麻煩了，我們這就告辭——說不定我四十歲以後哪天大徹大悟了，再來找您請教道法。」

妙靈子笑道：「等你四十歲，老道也早就燒成一堆骨灰與世長存了。」

這妙靈子說話詼諧有趣，萬事不介於懷，要說也算得上是絕世高人，可惜不是王小軍他們要找的那種……

三個人失魂落魄地出了道觀，王小軍甩手道：「得，費了半天勁找到的是武當的掌教，人家武當派是文理分科的，咱們要找的是物理系的系主任，剛才見咱們的卻是文學院的院長。」

唐思思嘆氣道：「我就知道你的美女掌門做事不靠譜，她肯定沒跟武當的人說清楚咱們的背景，從一開始就錯了，那個接待咱們的王道長顯然是武當教裡負責公關的。」

王小軍點點頭：「難怪這裡的工作人員招待咱們有種『招待旅遊局局長兒子同學』的假殷勤，原來真把咱們當成蹭玩蹭住的小朋友了。」

胡泰來善解人意道：「江輕霞沒說清咱們的身分，怕也是有特別的顧慮，淨禪子若是知道王東來的孫子來找他，自然就明白你的目的，反而更有可能避而不見。」

王小軍點點頭，深以為然。

唐思思道：「我們接下來怎麼辦？」

王小軍滿腹鬱悶無處發洩，嘆氣道：「武當山這麼大，道觀這麼多，真正的武當派一定就藏在其中，咱們明天開始一處處地找，總能找得到的，實在不行也只有滾蛋了。」

這時天色已黑下來，王小軍他們此刻還在天柱峰峰頂的道觀中，要不是和妙靈子聊了這麼久，只怕早被工作人員趕下山了，利用這個機會，王小軍正好背著手四處溜達，一臉悲天憫人道：「老胡、思思，你們先回去吧。」

胡泰來納悶道：「那你呢？」

王小軍幽幽道：「我吸一吸仙山的靈氣，說不定明天就看破紅塵，找妙靈子出家當道士去，那就一切煩惱都沒有了。」他接著道：「憑我的悟性，可能預計在明天早晨八點三十五分左右就能參透紅塵！」

唐思思知道他又在胡說八道，但也明白他可能是需要安靜一下，於是拽了胡泰來一下，兩人先一步下山去了。

第三章

苦孩兒

那瘋老頭站在當地，樂得前仰後合，拍手道：「你巴掌帶勁，你叫什麼名字？」王小軍暗暗心驚，告訴自己這裡是武當，可能隨便一個人都是隱藏的高手。

王小軍隨口道：「那你叫什麼名字？」瘋老頭道：「我叫苦孩兒。」

王小軍背著手緩緩在山間踟躕，從山頂一路逛蕩，也不知道過了多久，來到一處宏偉的道觀前，王小軍也沒心思進去，於是拔腳路過，不料從微敞的觀門裡冷不丁丟出一塊沒吃乾淨的西瓜皮，不偏不斜地砸在王小軍胸口，啪嘰一聲濺得他渾身汁水淋漓！

王小軍本來就心情不好，此刻不禁怒從心頭起，也顧不上瓜皮是誰扔的，脫口而出道：「你有病啊？」

「你怎麼知道？」觀裡的人毫不猶豫地應了句。

「嘿?!想打架是吧！」王小軍再也耐不住性子，雙掌平推將觀門撞開，裡面的情形卻讓他大吃一驚！

王小軍推開觀門後，首先看見的是一座高達四五米的神像，塑像之前，寬大的供桌上，擺著蠟燭香火，還有各式瓜果貢品，剛才砸中他的那塊西瓜就來自於此——供桌上除了以上的東西，還有一個蓬頭垢面的老人，這人面對著神像站在供桌上，雙手剛解開褲子，竟似要衝神像撒尿！

這時聽得門響，扭頭目光灼灼地瞪著王小軍道：「是你說要找我打架？」

王小軍吃驚非小，他雖然是一個無神論者，也知道在寺廟道觀裡要尊敬人家的信仰，別說對著神像撒尿，就是踩了門檻也是大不敬，於是不禁瞠目結舌道：「你這玩得有點太大了吧？」

那蓬頭垢面的老人衣衫不整，渾身髒臭不堪，被人撞了現行，像惡作劇被抓住的孩子，先是嘿嘿一笑，繼而高聲叫道：「到底打不打，不打我可要撒尿了！」

王小軍心中已有八分準譜：看來這是個瘋子，此情此景他卻不能不管，他和顏悅色道：「你先下來，我帶你去吃好吃的。」

那瘋老頭聞言嘿嘿而笑，王小軍見有門便跟著笑。

「休想騙我！」瘋老頭冷不丁抓起一個青桃甩手扔了過來，王小軍只聽嗖的一聲，那青桃帶著勁力已經到了面門前，心下又是一驚——這瘋老頭居然身懷武功！而且不論手勁還是準頭都秒殺唐思思！甚至強過唐缺！

王小軍使勁偏頭才勉強躲過，對面不等他站穩，又接二連三地把蘋果香蕉西瓜等等貢品砸了過來。

王小軍被他打得直跳腳，索性揮動雙掌，不管對面扔過來什麼都抓成稀爛丟在地上，瘋老頭見狀眼睛一亮，大喝道：「還是個硬手！」

他身形微動，瞬息便到王小軍身前，再喝一聲：「打你！」

王小軍見瘋老頭用的是掌，心下先定三分，然而對方的手掌看似綿綿無

力，到面前時竟忽然生出風雷之聲，王小軍微覺蹊蹺，右掌去接他這一招，左掌探到他身後去抓他衣領。

他自忖瘋老頭招式就算精妙，憑掌力一定不是自己的對手，不料掌緣剛碰到對方的皮膚，那瘋老頭滴溜溜在原地一轉，王小軍就覺好像是打在了一秒轉速好幾萬的巨型陀螺之上，自己的身子也被帶得轉了起來，心中冷不丁蹦出三個字：太極拳！

那瘋老頭穩穩站在當地，看王小軍像跳芭蕾舞一樣旋轉著到了門口，樂得前仰後合，隨即拍手道：「你巴掌帶勁，你叫什麼名字？」

王小軍暗暗心驚，平心而論，他剛才並沒有輕敵，沒有輕敵的原因很簡單，潛意識裡他告訴自己這裡是武當，可能隨便一個人都是隱藏的高手，結果這麼一個瘋老頭，他就真真沒沾到人家的邊。

王小軍隨口道：「那你叫什麼名字？」

瘋老頭道：「我叫苦孩兒。」

王小軍不住叫苦，對方是一個武功高強的武瘋子，又不知和武當派有什麼淵源，這架無論打贏打輸都不光彩，主要是——八成還打不贏。他一邊往門口踅摸一邊道：「老苦啊，天不早了，我要回去睡覺了……」

他猛地邁出大門，借著明亮的月光抬頭一看，見自己剛出來的這座道觀牌匾上寫著三個大字：紫霄宮。

王小軍更加哭笑不得，身在武當耳濡目染，他知道武當山主宮就是紫霄宮，紫霄宮裡供奉著的則是武當主神真武大帝，剛才要不是自己阻攔，這位大神免不了要遭受亙古以來最大的一次劫難。

他也不禁疑惑，如此重要的聖地居然沒人守護，任憑一個瘋老頭撒野，想到這兒，王小軍才冷不丁發現就在紫霄宮宮門邊，有兩個保安倒在地上，看樣子是被打昏了。

苦孩兒見王小軍出了門，也飛身躍出大殿道：「你別走啊，你還得陪我打架呢！」

王小軍抖手道：「咱倆無冤無仇，我為什麼要和你打架？」

苦孩兒一愣，顯然是被問住了，但馬上哈哈一笑道：「全山就你一個是不用太極拳的，我就愛找你打架！」

王小軍愈發恍然，聽話裡意思，這老頭果然是武當派的人，然而不知道為什麼神智不清，他和道士們過招，對方用的全是一個套路，王小軍在他眼裡就是見獵心喜，自然不肯輕易放過。

第三章　苦孩兒

王小軍不及多想，苦孩兒已猱身而上，他這次依舊是用掌攻擊王小軍小腹，王小軍只好揮掌和他戰在一起。

這一打王小軍是叫苦不迭，苦孩兒智力有欠缺，他出的一拳一掌都毫無技巧，就是簡單粗暴的直擊，但與他頗顯拙劣的攻擊手法相比，他的防守技能爆表，王小軍屢次三番眼看就要把巴掌拍在他身上，都被一股神奇流轉的勁氣化解，每當這個時候，王小軍不是被帶得跌撞出去就是把胳膊閃得生疼。

對方儼然像唇齒間一顆番茄籽，無論你牙齒怎麼追殺圍剿就是滑脫不受力，這也就意味著他打你可以，你永遠打不著他。王小軍越打越沒心氣，「武當」「太極拳」這幾個字眼在他心裡也越來越玄！

王小軍遠遠地看了大殿裡真武大帝的神像一眼，小聲嘀咕道：「真武爺爺，小的能力有限，對您老人家也算仁至義盡，我可要先走一步了！」他雙掌齊推把苦孩兒逼退，隨即撒腿就跑。

苦孩兒身子一閃到了王小軍前面，興致盎然道：「你怎麼又跑，我還沒打夠！」原來他輕功也很好……

遇上這麼一位打不過又跑不過的對手，王小軍叫天天不應叫地地不靈，簡直想死的心都有了，他氣鼓鼓道：「老苦，你想幹什麼就幹什麼去吧，我再也不攔你了還不行麼？」

苦孩兒搖搖頭道：「我就想跟你打架。」

王小軍漸漸也看出來，苦孩兒之所以愛纏著他，全是因為自己掌力剛猛之故，苦孩兒正好用柔勁化解，就像一個小孩子學會了一門新技巧樂此不疲，當下王小軍故意軟綿綿地和他過了幾招，果然，苦孩兒不悅道：「你怎麼不出力了？」

說話間，他一掌打在王小軍肩膀上，王小軍痛入骨髓，忍不住破口大罵：「你這個老瘋子有完沒完？」

「哈哈哈，老瘋子。」苦孩兒聽別人這麼罵他似乎感到十分新鮮，不斷重複著「老瘋子，老瘋子，我是老瘋子。」

王小軍的無力感又加深一重——不但打不過跑不了，對方還對口頭攻擊免疫，深為「老瘋子」這種詞彙著迷，完全不在乎是罵誰的。王小軍再也受不了了，立住身形，認真道：「老苦我錯了，你說你怎麼才能放過我？」

他雙臂酸麻，苦孩兒身上那股勁氣反彈力很強，王小軍幾十掌打過，就像跟一個功力相當的高手對了幾十掌一樣，纏絲手也算是天下至柔的功夫，

竟然還不能避過苦孩兒的反彈！

苦孩兒見對手不打了，迷惑地收手道：「你還沒告訴我，你叫什麼名字呢。」

王小軍恭敬道：「我叫王小軍，我現在能走了嗎？」

「不能，我還要跟你打架！」苦孩兒拒絕得相當乾脆。

王小軍崩潰道：「打你妹！」縱身向旁邊的樹叢裡一躍，慌不擇路地蛇形鼠竄。

「打你妹打你妹！」苦孩兒又喜學新詞，手舞足蹈地跟著跳了下來。

王小軍這會可是真拼了命，身體調動到了極限的同時，腦子也飛速地運轉著，像苦孩兒這種智力不足的人，不能力敵只能智取，他邊跑邊用腳尖挑起一塊拳頭大小的石頭，半空中揮掌將石頭遠遠擊出，身子突兀地閃到了一棵樹後。

他不禁為自己的機智嘆服，這招調虎離山實在是集合了他全部的武技和智慧，打余巴川的時候他都沒這麼上心。

四下恢復一片寂靜，估摸著苦孩兒也被引開，王小軍長吁了口氣道：「太他媽嚇人了！」然後就聽身後有個人也小心翼翼地道：「你說的誰？」

王小軍面朝地倒下，趴在草堆裡無助道：「你弄死我吧，我不跑，也不跟你打了。」原來苦孩兒一直就跟在他身後……

就在這時，紫霄宮方向一陣嘈雜，有人大聲道：「那……那個怪人又來搗亂了！」馬上有人喝止道：「不要亂嚷！快去看看他在不在附近。」

苦孩兒聞聲面露厭煩之色，他拍拍王小軍道：「我明天再找你玩。」說著身形一閃便消失在樹叢中。

王小軍如逢大赦，這才真正的鬆了一口氣，同時覺得全身就像要虛脫一樣！

當王小軍凌晨回到賓館的時候，胡泰來出房門來看他，驚訝地發現王小軍全身髒亂不堪，臉上被樹枝掛了好些血道子，冷不丁出現在走廊裡，就像隻在獵人槍口下勉強逃生的野兔。

王小軍疲憊地朝胡泰來擺擺手，一副生無可戀的樣子道：「什麼也別問，我要睡覺。」

他直挺挺地衝進房間，把身上的衣服全脫在門口，然後一頭栽倒在床上，呼呼大睡起來。

這一覺，王小軍睡到了日上三竿，他爬起來以後，鑽進浴室好好地洗了個澡，然後把髒衣服都扔進水池子裡，這才懶洋洋地出來。

胡泰來和唐思思一下圍上來道：「你昨天幹什麼去了？」

「我跟人打了一架！」

胡泰來急忙道：「為什麼呀？」

王小軍認真道：「為了真武大帝的面子。」

唐思思聳肩。

「是真的。」王小軍這才把昨天莫名其妙的經歷講述了一遍。

唐思思瞪大了眼睛：「你被一個瘋子打得差點自殺？」

王小軍手在空中使勁一揮：「那可是一個會太極拳的瘋子！」

胡泰來感慨道：「武當果然是臥虎藏龍之地，你說他自稱苦孩兒，這倒像是長輩對他的稱呼。」

王小軍道：「那老傢伙看年紀也六十多了，誰還能當他的長輩？」他想了想又道，「這頓揍其實挨得挺值得，至少說明武當派是真的存在的。」

胡泰來道：「苦孩兒大鬧了紫霄宮，這可不是件小事，昨天他要避開的應該就是武當派的人了，咱們一會兒也去紫霄宮，說不定還能碰到來善後的門人。」

唐思思道：「你幫神像解了圍，武當的人該對你千恩萬謝了。」

王小軍道：「當時亂糟糟的又沒有目擊證人，可惜真武大帝他老人家也不會親自來給我作證。」

正說著話，外面忽然有人依稀在叫王小軍的名字，王小軍一頓，問胡唐二人：「你們聽見了嗎？」

胡泰來豎起耳朵道：「好像是有人喊你。」

王小軍笑道：「我現在真快成名人了。」

他走到窗前向外張望，這一望不要緊，就見樓下有個髒兮兮的老頭正站在賓館前的空地上仰著頭，接二連三地喊著「王小軍」幾個字，王小軍想貓腰已經晚了，老頭驚喜地一指道：「王小軍！」正是苦孩兒。

王小軍哭喪著臉道：「媽的，冤家找上門了。」

胡泰來趴在窗戶上看了一眼道：「這就是你說的苦孩兒？」

唐思思納悶道：「他怎麼光天化日地出現了？」

王小軍無奈道：「他是瘋子又不是鬼！」

苦孩兒手舞足蹈道：「王小軍，你快下來跟我打架啊！」

「這老瘋子是非得搞死我不可！」王小軍見躲不下去了，拖著沉重的步伐走下樓來，在樓門口，他衝後面兩人一擺手，「你們先別出去。」

他走出大門，苦孩兒興奮道：「王小軍！你出來啦？」

昨天王小軍一直沒看清苦孩兒的長相，這時終於得以清楚地目睹苦孩兒的容貌，這是一個因為髒亂、髮鬚纏結而看不出年紀多大的老人，保守估計在六十歲以上，身材不高，最引人注目的是他的眼睛，黑白分明如同孩童般清澈，這時見了王小軍更是煥發出由衷的歡喜。

王小軍苦笑道：「老瘋子，你是怎麼找到我的？」

苦孩兒又聽到有人叫他老瘋子，先哈哈地笑了幾聲，接著道：「我昨天是跟著你回來的呀。」

王小軍點點頭，以苦孩兒的輕功跟蹤他，他確實難以發現，無奈道：

「你今天又是來找我打架的嗎？」

苦孩兒大聲道：「沒錯。」

「可是我打不動了，也不想跟你打……」

「那也得打！」苦孩兒喝聲完已經撲了上來，剛才還有說有笑，這會瞬間化作雷霆風暴，說到底他終究是個智力有缺陷的人，你跟他是沒法講理的。王小軍暗嘆口氣，只得鼓起精神和他交上手，他知道要是不滿足苦孩兒的要求肯定無法脫身。

他原指望苦孩兒一會兒玩膩了就算，不想對方是越打越興奮，而情景也逐漸回復到昨晚那樣——王小軍無論如何也碰不到人家的邊，一不留神就會挨打。

他就像一個耕作了一天的老牛，晚上又被人拉出去和別人的賽馬比速度，跑吐血、跑不過不說，認輸還要挨鞭子，王小軍又有了想死的心情，於是「老瘋子」「神經病」「老不死」這些字眼都冒了出來，苦孩兒如聞天籟，邊打邊笑，他是做了遊戲又學了新詞，寓教於樂。

王小軍只覺陷入了絕望的無底洞。做無用功、挨打，這些他都不怕，最讓他難以忍受的就是苦孩兒身上那股流轉反彈的勁氣，他每一掌揮出反彈回來的力道都更強，幾十掌之後，兩個膀子就像要掉了似的，走長路不怕，就怕光腳踩釘板，而且這塊釘板綿綿無邊，根本看不到頭。

王小軍打著打著，忽然往地上四仰八叉地一躺，雙手墊在腦後大聲道：「我不打了，說什麼也不打了，你要麼滾蛋，要麼弄死我！」

苦孩兒像被大人強行中止了遊戲的孩子一樣，委屈又失望地看著王小軍道：「你為什麼不跟我打了？」

王小軍道：「我又打不過你，賽跑也得跟自己差不多快的人比才有意思，你逮著一隻蝸牛天天跑接力賽，你有沒有想過蝸牛的感受？」

苦孩兒雖然聽不大明白，卻看出王小軍怨念很深，而且有自暴自棄的傾向，他苦惱地撓了半天頭，忽然眼睛一亮道：「要不我把我的功夫教給你，然後你再來跟我打，這樣咱倆就差不多了。」

王小軍崩潰道：「你就饒了我吧！」

苦孩兒殷勤道：「來嘛，來學嘛，我用的這門功夫叫『游龍勁』，學會了以後，全身的力氣可以變成一個看不見的鼓包，別人就再也打不到你了！」

王小軍明白這大概就是太極拳四兩撥千斤一類的功夫，他依舊躺在地上道：「沒意思，我要也學會了這種功夫，咱倆就誰也打不著誰了！」

苦孩兒愣了愣道：「那樣也好玩啊。」

王小軍忽然坐起身道：「要不我另外找個人跟你學吧，他可愛學習了，而且功夫也很好。」

「你說誰？」

王小軍急忙朝玻璃門後的胡泰來招了招手。

胡泰來和唐思思眼睜睜地看著王小軍和瘋子大打出手，只能乾著急，一點忙也幫不上，目前來看，瘋子至少對王小軍還是和善的，他們怕自己貿然出手，激起對方的凶性那就弄巧成拙了。這時見王小軍招手，兩人小心翼翼地走了出來。

苦孩兒見了唐思思，忽然一改常態，慈祥道：「丫頭，幾歲了？」然而不等唐思思回答就好像又忘了這事兒。

王小軍一指胡泰來，對苦孩兒道：「老瘋子，這就是我跟你說的那個人，你把你想教的都教給他，這人幹別的不行，唯獨對打架很有熱情，怎麼說呢，瘋起來比你都瘋！」說著朝胡泰來使勁使眼色。

苦孩兒眼睛發亮地看著胡泰來，胡泰來走到他跟前，深鞠一躬道：「老前輩你好，我是黑虎門……」

沒想到苦孩兒剛聽幾個字，驟然暴怒道：「滾！滾！滾！」連說三個滾字，又跺腳又吹鬍子瞪眼，到第三個字頭上，更是冷不丁撲向胡泰來，王小軍吃了一驚，急忙起身把兩人隔開，順勢又和苦孩兒動上了手，苦孩兒這才

轉怒為喜道：「好，還是和你打著有意思！」

王小軍無奈道：「我給你介紹的人為什麼不行？」

苦孩兒瞪了胡泰來一眼道：「這人看著就討厭！」

王小軍無語，良久才道：「沒想到你還是個外貌協會的瘋子！」他轉向胡泰來道：「老胡，別往心裡去，這本來就是個看臉的世界。」

胡泰來只是笑笑，可心裡也著實納悶，不知道苦孩兒為啥看不上自己。

王小軍被苦孩兒黏上頓時又痛苦不已，他忽然心生一計道：「好了好了，我跟你學就是了，你剛才說你的功夫叫什麼名字來著？」

苦孩兒馬上停手道：「游龍勁！」

王小軍裝模作樣地點頭道：「好，那我們開始吧。」

苦孩兒屏息凝視，稍即忽然摸著稀疏的鬍鬚緩緩道：「打拳打拳，一個打，一個拳，都不是什麼好字，若想打拳，先要止怒平意，拳之未出，意在拳先，你記住了嗎苦孩兒？」

王小軍一愣，馬上明白這大概是教他功夫的那人教導苦孩兒的話，苦孩兒這時生搬硬套，連最後幾個字都照搬了過來，王小軍點頭道：「記住了。」

苦孩兒搖手道：「別光說，跟著我念。」

王小軍無奈，原樣念了一遍，說完「意在拳先」四個字後，見苦孩兒還在眼巴巴地等著他，只好又加了一句：「苦孩兒你記住了嗎？」

苦孩兒點點頭，又摸著鬍鬚道：「最近我練的這套功夫就取名叫游龍勁，乃是把全部的內力都快速搬運出丹田，化作一股圓勁，然後把對手的攻擊全部卸開返回，我這麼說，苦孩兒你能明白嗎？」

王小軍依葫蘆畫瓢念完，自覺地把「苦孩兒你能明白嗎」這句話也補充上。同時心裡也暗暗詫異，武當太極功夫天下聞名，只要看過幾部武俠電影或者小說，就知道太極拳講究四兩撥千斤借力化力，苦孩兒的師父把內力全部搬運出丹田，再變成有形有質的勁氣，這不是多此一舉嗎？

苦孩兒往前一蹦，伸手往王小軍小腹上摸來，王小軍嚇得一躲道：「你幹什麼？」

苦孩兒道：「口訣會念了，我要看看你的內力深淺。」

王小軍失笑道：「這游龍勁的口訣就是這麼兩句話？」

「是的。」苦孩兒認真道。

王小軍又後退幾步道：「等等。」他看著蓬頭垢面的苦孩兒道：「你這麼臭我可不跟你打，現在我給你一個小時的時間洗澡，不然你打死我我也不

還手！」

胡泰來和唐思思聽他這麼威脅對手，不禁也都哭笑不得。

苦孩兒訥訥道：「好吧。」

王小軍把苦孩兒領到自己房間，洗澡前，先用刮鬍刀把他凌亂的頭髮鬍鬚大致修理了一下，隨即放好水把苦孩兒推了進去，又揀了幾件自己的衣服放在浴室門口，把苦孩兒扔出來的髒衣服全丟進了垃圾桶。

忙完這些，王小軍長出一口氣道：「我簡直就是撿了一個六十歲的兒子！」

王小軍積極地給苦孩兒洗澡換衣倒也不是全出於好心——為了不讓老頭跟他打架，他盡可能地想出各種拖延時間的辦法。

胡泰來好笑道：「你可別胡亂說話，這老頭說不定在武當輩分不低。」

王小軍眼睛一亮道：「對呀，怎麼把這事兒忘了，一會他出來我就問他，別的不說，武當派的大本營在哪兒他八成知道！」

十幾分鐘過後，浴室裡水聲不停，王小軍走到浴室門口敲了敲，裡面無人答應。

「老瘋子？」王小軍提高音量叫了幾聲。

唐思思道：「老頭不會是洗洗缺氧了吧？」

王小軍衝進浴室，苦孩兒和他放在那裡的衣服都不翼而飛，窗戶洞開，看來苦孩兒是洗完了澡直接跳出去了。

王小軍搖頭道：「瘋子畢竟是瘋子，但願他以後不會再來找我了。」他話音剛落，就聽走廊裡腳步嘈雜，隨即十幾個保安不由分說闖進屋來，領頭的瘦子瞪眼道：「誰叫王小軍？」

「我就是……」

王小軍剛冒出三個字，瘦子身後的兩個保安立刻撲上來抓住王小軍的胳膊，瘦子一揮手，這些人就要直接把人帶走。

王小軍輕輕一掙把兩個保安甩在邊上，納悶道：「你們幹什麼？」

瘦子見他膽敢反抗，冷冷道：「你昨天半夜是不是去紫霄宮了？」

王小軍道：「去了，還看見你們有兩個人被打暈了。」

瘦子聽了道：「好，敢作敢當！打了我們的人還留下名字，現在知道我們為什麼找你了吧？」

王小軍嘆了口氣，真是怕什麼來什麼，昨天紫霄宮被苦孩兒折騰了個亂七八糟，自己為了保護真武大帝像跟他大打出手，可這一切都沒有證人，當

下道：「你們那兩個在場的兄弟呢？他們怎麼說？」

瘦子怒道：「你還敢問，他們莫名其妙被人打昏，迷迷糊糊聽見有人報名說叫王小軍，你還有什麼好說的？」

王小軍道：「你讓他們當面和我對質，這裡面有個誤會要解釋清楚才行。」

瘦子不耐煩道：「少廢話，跟我們去保安處走一趟，你這往大說是破壞歷史文物，我們沒直接報案讓警察抓你就算不錯了，有什麼話，你見了我們頭兒跟他說。」

王小軍壓著怒火道：「你要麼讓昨天那倆跟我說話，要麼讓你們頭兒來這兒見我，我為你們武當操碎了心，你們不問青紅皂白就想抓人啊？」

胡泰來一言不發地擋在王小軍身前，唐思思一隻腳靠著床頭櫃站著，用手拉開抽屜摸著裡面的各種小零碎，在這個距離下，憑她現在的腕力隨便丟點東西都是大殺器。

瘦子一看這三個人敢公然「拒捕」，伸手從腰上抽出一根防暴警察常見的鋼棍，這玩意兒多配合盾牌使用，遠可攻近可守，王小軍探手把他的鋼棍搶過，瘦子身後的十幾個保安見狀，一起亮出了同樣的武器。王小軍輕描淡寫地把那根鋼棍彎成一個圈，順手扔到了窗外。

「你……你想幹什麼？」瘦子使出了登雲步的功夫，不見他怎麼動已經瞬間溜到了眾保安身後。

王小軍坐在床頭，鬱悶道：「你們都走吧，讓能負責的人來跟我說話。」

瘦子在一干小弟身後伸著脖子為難道：「可我們就這樣回去不好交代呀。」

王小軍瞟他一眼道：「那你想怎麼樣？」

瘦子不說話了，平心而論，他也覺得人家讓他們走已算仁至義盡了。

就在僵持的當口，兩個青年道士扒拉開眾保安，客氣道：「請問哪位是王小軍？」

王小軍舉起一隻手：「我。」

兩名道士一起躬身道：「王施主你好，我們大師兄想請你移步相見，不知你是否方便？」

「你們大師兄是誰？」

「王施主到了便知。」

王小軍道：「能不去嗎？」

兩個道士對視一眼道：「可以……王施主不方便的話，我們改天再來。」

王小軍起身道：「好，那我就跟你們走一趟。」

瘦子目瞪口呆地看著王小軍。王小軍經過瘦子身邊時，嘿嘿一笑道：「看見沒，想讓人跟你走起碼要客氣一點。」

胡泰來和唐思思疑惑地跟了過來，兩個道士也渾不在意，他們自進門到離開，自始至終都沒正眼看過那些保安一眼，似乎這些人不存在。而瘦子他們竟也不敢阻攔，眼睜睜地看著幾個人離開了賓館。

兩個青年道士只是客氣卻不熱情，出了賓館之後再無一句話，默然地在前面領路。

隨著道路愈發偏僻難行，他們已經遠離了景區，又走了半個多小時，來到山谷中一座院子裡，在正屋的屋簷上掛著一個不起眼的八卦，裡面燈火通明。

王小軍他們此刻心中一片霍亮，看來這是終於到了武當派的地盤。

兩名道士依舊客氣道：「大師兄言明只見王施主一人，兩位朋友請隨我們到廂房看茶。」

胡泰來小聲道：「有事你就喊一聲。」

當下一名道士領著胡泰來和唐思思去了廂房，另一名道士便推開正屋的房門，讓王小軍頗為意外的是，首先映入眼簾的是一張大圓桌，屋子很寬敞，圍繞著圓桌大約有十幾個人稀稀落落地坐著，桌上擺著茶杯，卻飄著股飯味，看來是剛吃完晚飯。

帶路的青年道士進屋後躬身道：「各位師伯師叔、大師兄，王小軍施主到了。」

王小軍猛然之間也不知道該如何見禮，嘿然道：「各位道長剛吃完啊？」他說完這句話，就發現屋裡其實只有少數幾個人是穿著道袍的，剩下的人，歲數都在五六十左右，服飾各異，有的把玩著茶杯，有的無動於衷地往這邊掃著。

王小軍正感局促，正對面一個三十多歲的青年淡淡道：「王師弟這邊坐吧。」

帶王小軍來的道士道：「這位就是我們大師兄沖和子。」

大師兄俊朗幹練，他起身在王小軍的肩上一拍道：「叫我周沖和就行。」隨即往身邊一指道：「這是劉平師叔。」接著依照順序把屋裡各人都

介紹了一遍。

王小軍也記不了那麼多，只知道這些人有俗有道，論輩分都是周沖和的師叔，但屋裡顯然以周沖和為主，然後是劉平次之。

周沖和還有劉平都沒穿道服，周沖和也沒留長髮，只有劉平把前面剃得很短，在後腦勺留了一縷長髮，這會攏了個小抓髻綁起來，看著像藝術家似的。

王小軍胡亂地跟屋裡的人打過招呼，周沖和帶著微微歉意，像是和眾人說話，又像是對王小軍道：「王師弟是前天到的武當，可我們今天才知道——」一指劉平道：「要怪你就怪劉師叔。」

劉平打個哈哈道：「江輕霞把電話打到武當，內線是我接的，她就說有朋友要來武當玩，讓我接待一下，我也沒往別的地方想，腦子一抽就讓王道明負責了。」

王道明顯然就是王小軍他們剛到那天安排他們的王道長。

劉平又解釋道：「小姑娘嘛，還不就是有同學想來武當山逛一逛，她也沒把話說清楚，不過王胖子招待人還不至於出紕漏，這兩天你們應該玩得不錯吧，哈哈。」

王小軍愕然無語，原來他和唐思思的想法都被坐實了——人家武當派壓根也沒把他們當成客人，在他們眼裡，江輕霞無非就是個少不更事的「小姑娘」，他和胡泰來還有唐思思就更是來討糖吃的小屁孩而已了。

最讓王小軍不舒服的是劉平的語氣，表面上是在道歉和解釋，可怎麼聽都有種打官腔的味道，話裡話外不斷暗示自己能給個說法已經是給足了面子。王小軍等人不但不應該生氣，還要感恩戴德。屋裡的老頭子們也個個神情自如，絲毫沒有覺得慢待了客人的歉意。

周沖和微笑道：「我們也是昨天才知道武當山上來了武林同門，那位苦前輩大鬧紫霄宮的時候，是王師弟出手才把他引開的吧？」

王小軍道：「你怎麼知道？」

周沖和道：「那兩個被打暈的保安迷迷糊糊地聽見有人報名說自己叫王小軍，你說可笑不可笑？」

王小軍面無表情道：「我看也沒啥可笑的。」

他心裡更窩火了，武當派的人明明清楚事情的來龍去脈，居然懶得和保安們多說一句解釋的話，搞得自己做了惡人。

再轉念一想漸漸也想開了，王小軍察言觀色，見在座的老頭們個個精氣

內斂但神采奕奕，想必隨便一位在江湖上都是赫赫有名的耆老名宿，比起峨眉這樣沒有頂梁柱又陷在是非之地的門派，武當才是真正的大派，自己在人家眼裡本來就是小孩子，也不怪被人看輕。

想到這，王小軍陪個笑臉道：「我們這次來武當，是想拜訪淨禪子他老人家——」說到這他四下張望，淨禪子顯然沒有在座，也不知是到哪兒去了。

周沖和解釋道：「我師父在省裡有個會要開，可能還要幾天才會回山，王師弟是純為拜訪還是有事？」

王小軍直言道：「實話實說，我是有事要求他老人家。」

周沖和道：「不妨說來聽聽？」

他這句話說得自然而然，屋裡的老頭們也沒人反對，

王小軍聽他稱淨禪子為師父，再結合帶路的道士稱他為「大師兄」，心裡已經對周沖和有了定位——看來這是目前武當第二代弟子中的佼佼者，以後掌門的位置八成要傳給他，所以淨禪子不在，周沖和儼然就是武當之主。

他有心等淨禪子回來，只是這麼說肯定會得罪周沖和，再一想，大家都是年輕人，有些話反而好說，於是道：「這就說來話長了，我先正式自我介

紹一下，我叫王小軍，是王東來的孫子。」

此言一出，老頭們終於多少露出了動容的表情，王東來名震江湖，王小軍的名字卻是頭次聽說，還有很多人甚至不知道王東來還有個孫子。

王小軍苦笑道：「雖然這麼說，不過我已經不是鐵掌幫的人了，但我要說的事卻還跟鐵掌幫有關——周師兄和各位前輩肯定都知道武協吧？我爺爺身為武協常委主席，兩個月後的武協大會上再不露面就會丟掉這個身分，本來規則就是給大家遵守的，但我想厚著臉皮提個非分的請求，希望武當派到時候能網開一面，同意讓我爺爺延期報到。至於為什麼，那就牽扯到另外一個人，青城派的余巴川，大家也都知道吧？」

王小軍把余巴川如何派余二到鐵掌幫作惡，誤傷了胡泰來的事一說，又順帶一提他們上峨眉解毒的事，至於他大敗余巴川的事蹟，一來無關武協的事，二來有自賣自誇的成分，所以沒講，在他看來這種事大概早在武林傳開，他多說也沒意義。

屋裡眾人聽完依舊面無表情，似乎除了王小軍是王東來孫子這件事帶來一點波瀾外，他們既不關心余巴川幹了什麼，也不想知道王小軍為什麼要阻止余巴川。

劉平道：「所以你來武當的目的，是想讓掌門師兄在兩個月以後的武協大會上同意延長你爺爺的任期，用以破壞余巴川的目的？」

王小軍點頭道：「是的。」

周沖和聽完王小軍的敘述淡淡道：「聽你所說，這是你們鐵掌幫和青城派的私人恩怨，余巴川的所作所為也都是你的一面之詞，我們武當怎好就此推翻武協的規定呢？」

王小軍道：「余巴川幹的事很多人都親眼目睹，你甚至可以打電話質問他本人，聽他如何狡辯嘛。」

劉平擺擺手道：「我們修道之人在於靜心養性，所以武當派有規定，在山上時不能使用電腦手機這些東西。」

王小軍頓時恍然，難怪他跟這些老頭接觸後明顯感覺他們遲鈍麻木，原來他們是和當今的武林脫軌的，所以他們既不知道王小軍為何人，也不知道他最近做了什麼事。

王小軍懇切地道：「事關武協的前途，周師兄就破例一次嘛，你隨便給哪位你認識的同道打個電話，就知道我說的是不是真的了。」

周沖和仍不為所動地道：「無論是真是假，總之這事我們做不了主，還是等我師父回山以後，請他老人家定奪。」

王小軍無語，心說你做不了主還問，一個櫃檯接線生瞎替老總答應什麼五億的大買賣啊……

既然這事兒談不攏，雙方一時就沒了話題，王小軍其實已經在想是不是該告辭了，人家態度明擺著沒把自己當回事，就算等淨禪子回來也是一樣，有這時間還不如去華山派碰碰運氣，何必耗在武當？

這時周沖和大概也覺得尷尬，沒話找話道：「王師弟，你和苦前輩動手沒受傷吧？」

第四章

游龍勁

劉平激動道：「你有所不知，當年我們的師尊龍游道人在仙去前的最後幾年自創了一套武功，就是游龍勁，可是我師尊很少在山上待著，待回山彌留之際已經無法再傳功了，所以這套功法我們一直無福親見。」

說到這個，王小軍氣就不打一處來，抖著手道：「怎麼沒受傷，我腿扭了，胳膊閃了，心也在滴血！不是我說你們，那個老瘋子既然是你們武當派的，你們又知道他瘋，就該好好地看著他，別讓他出來，昨天這是碰上我了，要是普通遊客被他打到山底下去，這責任誰負？」

周沖和大概是自覺理虧，支吾道：「苦前輩雖然胡鬧，不過還是有分寸的，一般不會武功的人就算打他罵他，他也不會動手。」

劉平補了句道：「師侄這不是安然無恙嗎？看來還是很有根基的。」

「沒有！」王小軍火大道：「你們不能因為他是武當派的人就瞎開脫吧？我沒被他打死是因為他還要留著我的命跟他玩，老瘋子嫌我武功低，你們知道他幹了什麼嗎——他硬是要把他的武功教給我，再讓我跟他打，有這麼欺負人的嗎？」

周沖和馬上道：「他要教給你什麼武功？」

「好像叫游龍勁？」王小軍隨口道。

此言一出，全屋子的人群情聳動，劉平大聲道：「你沒聽錯？他要教你的確實是游龍勁？」

王小軍道：「沒錯呀。」

劉平顫聲道：「王師侄，你的機緣可足以羨煞旁人啊！」

王小軍警覺道：「什麼意思？」

這種浮誇的表演，早年間在有人利用罐裝飲料詐騙的時候經常看見，無外乎是騙人說中大獎了，然後因為種種原因不能去領獎，所以把中獎的鐵環給你，再從你手裡套點現——騙子們開頭都是這麼一驚一乍故作姿態的。

王小軍小心翼翼道：「我讀書少，你們可別騙我，我又沒打算憑這個訛你們……」

劉平激動道：「你有所不知，當年我們的師尊龍游道人在仙去前的最後幾年自創了一套武功，就是游龍勁，可是這套武功我們只是聽說卻從沒見過，我師尊他老人家一輩子行雲野鶴，很少在山上待著，他創游龍勁時還在江湖漂泊，身邊只有苦前輩相隨，待師尊回山彌留之際已經無法再傳功了，所以這套功法我們也只是聽他老人家說起過，卻一直無福親見。」

王小軍道：「那你們倒是跟老瘋子學啊。」

劉平嘆口氣道：「你也見了，苦前輩瘋瘋癲癲，我們修道之人講究平和沖虛，他每次回山總要搞出很多事端來，派內弟子多和他有過齟齬，他身分特殊，我們又不能對他不敬，可是無論怎麼客客氣氣總歸不順他的心意，所

以我師尊羽化成仙後，他就各山頭浪蕩也不願意被我們供養，尤其是不待見穿著道服的道士，你若不會武功還罷了，要是會武功非被他揍一頓不可。甚至有人對他禮敬有加也會惹得他不高興，覺得是我們中間有人化裝改扮了去騙他。」

王小軍失笑不已，他現在終於知道苦孩兒為什麼瞧不上胡泰來了，老胡就不該叫他「前輩」。

「老瘋子面都不願意和你們見，所以你們也就無從跟他學游龍勁了？」

劉平先是點點頭，隨即道：「那個……你還是不要這麼稱呼苦前輩，他自幼因智力問題被人遺棄，四五歲上為師尊收養，雖然沒正式拜師入門，按位次來說仍是我們的師兄。」

王小軍點頭道：「原來是個苦命人，難怪你們師父叫他苦孩兒——不過他就喜歡人叫他老瘋子。」

劉平無奈道：「你叫得，我們卻叫不得，山上很多弟子按輩分都是他的徒孫。」

王小軍道：「要我說你們就該把他抓住關起來，每天好吃好喝伺候著，送幾個皮糙肉厚的給他打，老瘋子雖然瘋，但我看他還是知道誰對他好，慢慢感化，以德服人嘛。」

「呃……這個辦法……抓他嘛……」劉平說到這，忽然滿臉通紅道：「咳咳，說實在的吧，我們都打不過他。」

「啊？」王小軍目瞪口呆。

周沖和忙道：「我師父和幾位師伯自然是能制得住他的，只是他們礙於身分不方便出手罷了。」

王小軍道：「就是說，武當派裡能打過他的不好意思動手，剩下的都是打不過他的？」他嘿嘿一笑道：「行了，你們自己發愁吧，我這就要告辭了，哦，明天我們自己搭車去火車站，就不麻煩各位了。」

周沖和卻道：「你不能走！」

王小軍納悶道：「我為什麼不能走？」

周沖和道：「既然你和苦前輩有緣，他肯把游龍勁教給你，那你不如留下來學會它——」

劉平眼睛一亮道：「不錯，這個辦法好！」

屋裡的一干老頭一個個頓時變成了笑容可掬的老爺爺。

王小軍聞弦歌而知雅意，吃驚道：「你們不會是想讓我跟老瘋子學會了

游龍勁，然後再教給你們吧？」

周沖和道：「有何不可？游龍勁既然以我師祖龍游道人的名字命名，必然是傾盡了他老人家一生的心血研創出的絕學，你若能把這件事做成，武當就欠你一個人情，你想託付我們辦什麼事……」

王小軍急忙道：「你們答應我的要求了？」

周沖和頓了頓，微笑道：「阻止余巴川入主武協，我看也不是什麼大事。」他轉而斬釘截鐵道：「這樣吧，你幫我我幫你，只要你把游龍勁傳下來，我也答應盡我最大的努力幫你完成你的心願，我師父那邊你大可放心，我現在做的事都是為了武當著想，他也必然不會反對。」

屋裡的眾老頭紛紛附和。

王小軍攤手道：「老瘋子的話你們也信？一來他瘋瘋癲癲的，誰知道明天他還記不記得自己說過的話，二來，就算他會游龍勁，憑他的智商能教得了別人嗎？」

最後王小軍撓撓頭道：「最後再說句喪氣話，憑我的智商……只怕比他強不了多少，就算他能教，我未必學得會。」

事關重大，王小軍可不敢胡說八道了，他深知自己不是那種天才型的選手，從一個瘋子那裡去學武當的終極大招，他這心裡可沒底。

周沖和道：「只要你先答應，其他的我們來想辦法。」

王小軍咬牙道：「好，我答應。」

「王師弟稍等。」周沖和走到裡屋轉了一圈，再出來時手裡已經多了一個錄影機，他把機器交到王小軍手上道：「以後苦前輩教你功夫時，你只要把過程拍下來就好，不管他教的對錯，只要你拍完全程，我們的協議就算生效。」

王小軍嘿然道：「你們不用電話，倒是會用錄影機偷拍啊？」

劉平道：「這還不是為了應付那些記者，經常要我們發些練功的視頻給他們做新聞用，武當功夫也是算文化遺產，要保持關注度嘛。」

王小軍接過錄影機揚了揚道：「我醜話說在前面，不能保證成功。」

劉平笑咪咪道：「那我們就祝你成功。」

王小軍一出來，唐思思和胡泰來立刻圍了上來。

「武當的人跟你說什麼了？見到淨禪子了嗎？」唐思思急問。

王小軍一揮手中的機器道：「接了一個攝影的活兒。」

胡泰來實心眼道：「你不會是找了個臨時工的活兒幹，想長期跟武當派耗著吧？」

唐思思嗤了聲：「你聽他瞎說。」

王小軍哈哈一笑，把經過說了一遍。

胡泰來道：「苦孩兒果然是位異人，游龍勁是武當派的瑰寶，你真要把它留下來，對整個武林也是功德一件。」他心癢難耐道：「對你武學上的修為更是好事一樁！」

唐思思道：「可是我們現在上哪兒找他去？」

王小軍嘆道：「這就應了那句話：『今天你對我愛搭不理，明天我讓你高攀不起』，老瘋子化身香餑餑，咱們只能——」他一揮手道：「碰運氣唄。」

三個人上了一座山頭，王小軍索性扯著嗓子道：「老瘋子，你出來！」

胡泰來也跟著喊：「苦前輩——」

王小軍瞪他一眼道：「還喊前輩，老瘋子就煩這個，不然你就是那個『幸運兒』。」

唐思思硬著頭皮喊道：「老瘋子，你出來跟王小軍打架啊！」

王小軍狠狠瞪了她一眼，合著她這會兒倒是分得清主次，喊人出來跟別人打架，她看熱鬧就行。

幾人轉了幾座山，這時日頭偏西，王小軍道：「我看你倆還是先回去，老瘋子說不定是不想見外人。」

唐思思撇嘴道：「說得你像他兒子似的。」但想想王小軍說得或許有理，於是和胡泰來先回賓館去了。

王小軍一個人漫無目的地瞎逛，忽見前面有個人影十分熟悉，他走上去一看不禁啞然失笑，難怪熟悉呢，這人穿的都是他的衣服，正是苦孩兒。

苦孩兒這會換了衣服洗了澡，看著是個清清爽爽的小老頭，王小軍大聲道：「老瘋子！」

苦孩兒笑嘻嘻地往前一蹦道：「王小軍！」兩人這一見居然還有點久別重逢的親熱。

王小軍道：「老瘋子，你還教我游龍勁嗎？」

苦孩兒道：「當然要教，教完你，你還得跟我打架呢。」

王小軍開心地在空地上架好錄影機，道：「那快點來吧。」

苦孩兒忽然一伸手遞給王小軍一小塊麵包道：「這個給你吃。」

王小軍接過，隨口問：「哪兒來的？」

「撿的。」苦孩兒亮出手裡和王小軍差不多大的一小塊麵包道：「我找你半天了，就等著你來一起吃呢。」

王小軍一愣，這麵包顯然是遊客吃剩丟掉的，苦孩兒撿到之後如獲至寶，卻特意等著和他一起分享，王小軍忽覺眼睛發澀，他把麵包扔進嘴裡咽下肚，把頭扭在一邊道：

「老瘋子，我問你，你為什麼不喜歡山上那些道士？」

「囉囉嗦嗦，討厭的很！」苦孩兒興高采烈地吃了自己那一份，躍躍欲試道：「來，我這就把游龍勁教給你。」

王小軍悶聲道：「你把游龍勁教給我，我再教給那些道士你願意嗎？」

苦孩兒瞪著眼睛道：「不願意！那些臭道士討厭得很，要不是老頭子說了話，他們早就把我趕下山去了。」

王小軍意外道：「咦，你倒不傻。」

他不知道「老頭子」指的是龍游道人還是淨禪子，但道士們有一堆清規戒律要守，自然不能和一個瘋子和睦相處，王小軍只覺自己遇到了前所未有的兩難處境，他先前答應周沖和，是因為他也覺得游龍勁本來就屬於武當，他要促成此事，無非就是物歸原主還能順便達成目的，但苦孩兒畢竟才是游龍勁唯一的傳人，這麼做是違背他的意願的，雖然他是個瘋子。

王小軍有親人也有朋友，並不是那種缺愛敏感的人，但一小塊撿來的麵包卻讓他體驗到了從未有過的患難情誼，他現在只要讓錄影機開著，接下來的事就順理成章，苦孩兒甚至不會意識到這是背叛，但自己的良心過得去嗎？

想到這，王小軍再沒有片刻猶豫，暗暗對自己道：「大丈夫行事，仰不愧天，俯不愧地，我王小軍什麼事都能幹，就是不能對不起朋友！」

他走過去拿起錄影機，本想一把捏碎了事，可是又怕賠不起，於是只是關了機，又好端端地放在了地上。……

「老瘋子，明天你就跟我走吧，別在武當山上遭人白眼了，以後咱倆不管誰給誰當兒子，你的後半輩子我包了！」王小軍推心置腹地說。

「別囉嗦，你快點跟我學功夫，然後咱倆還得打架呢！」苦孩兒迫不及待道。

「切！」王小軍無語道：「你個死老頭，老子為了你，該煽的情也煽了，該做的犧牲也做了，你還是想搞死我啊？」

苦孩兒卻不知道他在嘀咕什麼，目光充滿期待道：「你快點行不行？準備好了咱們這就開始！」

王小軍跺腳道：「算啦！只要你老瘋子開心，老子奉陪到底！」說是奉陪到底，其實王小軍心裡直打鼓，他知道憑自己現在的本事完全不是苦孩兒的對手，要想陪他玩盡興，就非真的學會游龍勁不可。

一想到又要下苦工學功夫，王小軍就一個頭三個大，不禁喃喃道：「老子明明不想學，結果到哪兒都有一大堆理由非學不可，奶奶的，這是誰給老子開的主角光環啊？」

苦孩兒疑惑道：「你嘀咕什麼呢？」

王小軍硬著頭皮道：「沒什麼，開始吧。」

苦孩兒忽然把手伸在王小軍小腹上使勁一按，王小軍下意識地躲開道：「你幹什麼，輕點啊。」

苦孩兒若有所思道：「你裡頭沒什麼勁兒啊。」

王小軍反應過來，他大概是說自己內力很弱，於是道：「我壓根也沒練過什麼內功，當然很弱了。」

苦孩兒卻自顧自道：「弱就弱吧，只要有就行。」他再次把手按在王小軍小腹上道：「現在，我的手往哪兒走，你就讓你的內力跟著我的手一起走。」

說著話，他的手直接向上指到了王小軍胸口，王小軍自練過纏絲手後，丹田與雙臂之間的經脈暢通無阻，不過讓內力到達胸口卻毫無概念，於是勉強把內力提起蘊在兩肩之上。

苦孩兒問道：「到了嗎？」

「呃……到了。」王小軍自覺雙肩和胸口離得不遠，胡亂點頭。

「猛地往外揮！」苦孩兒大喝道。

王小軍雙掌一揮，剛猛的掌風頓時激得幾步外的草地不住搖擺，掌勁練到這個程度，就算劉平和周沖和等人見了，一定也會對他刮目相看。

苦孩兒卻不滿道：「不是讓你揮巴掌，是讓你把內力全揮出來！」

王小軍無奈道：「不從巴掌上出來，那要從哪兒往外揮嘛？」

「從這，還有這！」苦孩兒在王小軍胸口上指點著。

王小軍驚道：「你的意思是讓我把內力直接從身前散出去？」

苦孩兒認真想了半天，最終點頭道：「對。」

「這不可能啊，一來我胸上又沒長手，怎麼讓內力從這裡往外散？二

來，這散出去不就全散沒了，有什麼屁用？」

苦孩兒仍道：「讓你學你就學。」

「得。」王小軍試著揮了幾下，完全不得要領。

苦孩兒怒道：「你怎麼這麼笨？你是豬腦子啊？」

王小軍跳腳道：「我不學了行不行？」他跟瘋子學武本來就滿腹牢騷，這會兒還被擠兌，叔可忍，嬸也不忍！

苦孩兒看他撒了一會兒潑，忽然穩穩地站在當地摸著鬍子，和顏悅色道：「孩兒啊，你雖然腦子不好使，可要記住一點，做事不能半途而廢，你懂得了嗎？」

王小軍無語，以苦孩兒的智力，跟龍游道人這樣的江湖奇人學武功，後者肯定也衝他發過脾氣，不過稍後就用這番話激勵苦孩兒；最讓王小軍哭笑不得的是：他居然被一個瘋子罵豬腦子，然後又得讓瘋子來鼓勵他……

苦孩兒見王小軍情緒穩定了，放緩口氣道：

「這門功夫就是要把全身的內力猛地散出去形成防護罩，別人用拳腳打你，你就用全身的力氣把他的攻擊滑開，我們武當功夫講究借力打力寸勁寸發，其實游龍勁也是一樣的，別人功力再強，他只能用出部分力氣，而你把所有力氣都用來防他，功力再強的人也無法傷到你了，就像小孩用雙手掰大人的一個指頭，大人再有勁也是要輸的。」

王小軍認真聽著，這番話無疑又是複述了龍游道人的理論，但他聽得似懂非懂，而且似乎是自相矛盾的——太極既然有借力打力的功效，那又何必再把全身的內力都使出來去防禦對手呢？

王小軍來不及多想，苦孩兒道：「這次跟著我一起練。」他一隻手按在自己肚子上，另一隻手指著王小軍的相同部位，緩緩道：「氣出丹田，經過這兒，然後這兒，最後到這裡……」

王小軍險些當場崩潰，當初江輕霞教他纏絲手，都是先讓他把穴道記熟了，然後才告訴他該怎麼練，可你不能指望一個瘋子記住幾十個穴道的名字，所以苦孩兒就這麼「這兒、那兒」的指著，王小軍只能胡亂試探。

這時苦孩兒忽然興奮道：「你打我一掌試試。」

王小軍依言揮掌，這兩天他和苦孩兒過了也有小一千多招，知道自己不用顧慮傷到他，於是這一掌用了五成力——不敢使全力，一來是怕有個萬一，最主要還是怕傷到自己……

「呼——」王小軍一掌眼看就要拍到苦孩兒前胸，在離著他身體還有幾寸的地方硬生生被滑開了，對方身前儼然有一層看似無形卻質感很足的防護罩，自己的進攻滑脫不說，那股很強的反彈也隨之而生。

王小軍皺著眉收回手道：「你是怎麼弄的？」

苦孩兒笑嘻嘻道：「這就是游龍勁啊，剛才我已經把全身的內力都散出來弄成了鼓包，你打在鼓包上，自然傷不了我。」

王小軍終於有一點興趣了，以他目前的功力，打上不足打下有餘，就很需要這樣的「鼓包」，試想再遇到余巴川那樣的對手，他只要使出游龍勁，就再也不怕對方有什麼詭異的招式了，總之我就躲在罩子裡，先讓你打一個小時四十五分的，等你累了我再反擊豈不是一本萬利？

說到底王小軍是個懶人，懶人就有懶人的想法和追求，這個世界大部分時候就是由懶人改變的。古代懶人不想走路就學會了騎馬，騎馬時間長了硌屁股，於是就發明了汽車，開車踩油門太累，就去雇個司機……呃，這個也算吧。

「你再給我說說，內力從丹田出來往哪兒走？」王小軍開始認真上了。

「這兒！這兒！」苦孩兒教得認真，卻是滿嘴外行話。

王小軍在身上比劃著：「這兒，還有這兒？」

「嗯，這兒對了，這兒不對。」

所以說電影比小說有優勢的地方就是「這兒」了——電影有畫面，兩個演員就算瞎演，你們也知道他們說的是哪兒，小說就只能靠聰明帥氣年少多金的讀者們腦補，總歸這倆人是一個瞎子一個聾子，現在瞎子要靠以前的經驗給聾子指條明路，結果可想而知，兩人折騰了大半夜也毫無結果。

以苦孩兒的心性早就不耐煩了，可他又怕發脾氣惹得王小軍不高興再不跟他學，只能硬憋回去強作歡笑，一個瘋子愣是被逼成德高望重、誨人不倦的老教授了。

王小軍其實逐漸明白了游龍勁的理論基礎——這就是一門利用優勢兵力去抵抗對方部分兵力的功夫，哪怕自己內力淺薄，全部運用起來形成氣罩，也能抵得住強度十倍二十倍的攻擊，也就是說，對方內功只要不強於你十倍以上，你就可以立於不敗之地。

這樣逆天的功夫伴隨著也有逆天的難度，它要求全身經脈通暢，能把內力像揮掌一樣從胸腹間揮出去，再在轉瞬即逝的時機裡收回，以達到極少損耗甚至是零損耗。

揮掌人人都會，可是能把整個身體運用到手臂那麼靈活就是天方夜譚了，再笨的人也能用手解開繩子，可你用肚皮解個試試！哪怕是個跳肚皮舞的……

王小軍練得滿頭大汗，一屁股坐在地上道：「老瘋子，我看今天就練到這兒吧。」

苦孩兒癟著嘴，一副「下載了大半天的遊戲，結果最後也沒玩上」的沮喪失望樣子。王小軍無奈道：「得，咱們再練一個小時，不管成不成都休息，這總行了？」

苦孩兒興高采烈道：「好──那你可要好好練啊！」

但是這種事兒不是你刻苦就能行的，半個小時過後，王小軍仍然沒有一點進展，苦孩兒都要哭出來了，王小軍也覺得空前焦躁鬱悶，他甚至有一刻忽然想到：游龍勁雖然是真實存在的，但苦孩兒教得對不對呢？這老頭又瘋又傻，這麼玄妙的功夫靠他能說得清嗎？

他鬱結地活動著酸麻的雙肩，這一夜引氣上胸做下來，整個上半身都極不舒服，然而，這時他有意無意間覺得丹田之氣在雙肩和胸口的空檔處連成一片，似乎是形成了一層薄薄的膜！

「咦？」王小軍猛地叫道：「老瘋子，你打我一拳！」

「砰！」苦孩兒一拳打在王小軍胸口。王小軍叫道：「我準備好了你再打！」

苦孩兒躍躍欲試道：「你準備好了嗎？」

王小軍奮力擺動雙臂和運動肩膀，道：「好了！」

「砰！」苦孩兒又一次擊中了王小軍，但這一次，兩個人同時感覺到襲來的拳頭被某種氣層阻擋了一下，只不過這氣層太薄，輕而易舉地就被擊穿了。

王小軍一愣之後，忽然張狂地大笑起來。

苦孩兒如同見了瘋子一樣驚疑，最終鄙夷道：「你還沒學會，這麼高興幹什麼？」

王小軍笑得前仰後合樂不可支，他雙手撐著膝蓋，邊笑邊喘息道：「你知道嗎，我很招蚊子的，但是有了這門神功護體，我就什麼都不怕啦！」

苦孩兒淡淡道：「腳怎麼辦？」

兩個人練到天色將明，王小軍的水準始終沒有提高，不過終究算是一個好的開始。

「老瘋子，你跟我回去吧，我找個地方讓你睡覺，你也別跟野貓似的到處撿垃圾吃了。」王小軍道。

苦孩兒搖頭道：「不去，不暢快！」

王小軍也不勉強他，說：「那你想找我的時候，還去以前那個地方——」他特意叮囑道：「不用給我帶吃的了，我管你飯。」他生怕瘋老頭給他抓回什麼奇怪的東西來。

這次苦孩兒點頭道：「好。」

兩人分手以後，王小軍回去補眠，照例是中午放胡泰來和唐思思進了屋，他不等胡泰來問他，先迫不及待道：「來老胡，你打我一拳。」然後馬上補充道，「別太使勁啊！」

胡泰來也是眼睛一亮，依言揮拳打在王小軍肩膀上，狐疑道：「咦？」

王小軍興高采烈道：「感覺到沒？」

胡泰來點點頭：「感覺到了，有層氣罩替你擋了一下，不過……」

老胡撓頭道：「我一點勁兒也沒用，也就是說，你這層氣罩連普通人的拳腳也擋不住啊。」

王小軍翻個白眼道：「現在擋不住，不見得以後也擋不住。」

唐思思好奇地指著錄影機道：「你一晚上都拍什麼了？」

「別提了。」王小軍把昨天的事情經過一說，道：「老瘋子拿我當朋友，我不能做他不樂意的事，所以我壓根就沒打算給周沖和他們拍。」

唐思思道：「你這是晃點人家啊。」

王小軍兩手一攤道：「這本來就是交易，我不給他們拍視頻，他們也不用在武協上幫我說話，公平合理。」

胡泰來道：「小軍做得對！咱們這就收拾行李下山。」

王小軍納悶道：「你要去哪兒？」

胡泰來道：「你既然拒絕了武當派的條件，那咱們也不合適再白吃白住人家的了。」

王小軍嘆道：「老胡啊，不是我說你，你以後也是要執掌黑虎門的人，老這麼小家子氣，我可替你師父不放心！」

胡泰來愕然道：「我怎麼小家子氣了？」

王小軍道：「買賣不成情意在嘛，武當這樣的名門大派好意思因為這個和我計較房錢？能吃他幾個呀？」

「可是這於大義有虧啊。」

王小軍悠然地擺擺手道：「這和大義無關，連小節也算不上——也就是占點小便宜罷了。」

胡泰來目瞪口呆道：「占小便宜也不好吧？」

王小軍無奈道：「咱們現在走了，老瘋子上哪兒找我去？」

胡泰來這才不再堅持了。

唐思思掩口笑道：「我要是你們的師父，就絕不把掌門傳給老胡。他當哪個門派的掌門，這個門派非吃虧不可。」

王小軍得意道：「是吧？」

唐思思補了一槍道：「不過我也不會傳給你，丟不起那個人！」

胡泰來認真自我檢討道：「是，以後在變通上面，我要跟小軍多學習學習。」

王小軍嘿然道：「我聽著怎麼不像好話呢？」

唐思思哈哈一笑道：「他那不叫變通，那叫不要臉。」

王小軍道：「你要這麼說的話……就比變通這個詞好聽多了。」

胡泰來：「……」

就在這時，忽聽外面有人揚聲道：「王小軍，來打架啊！」

王小軍崩潰道：「這個老瘋子不用睡覺的嗎？」他跑下樓一看，苦孩兒正在那神采奕奕地等著他。

這一老一小從中午開始一練又是一下午，苦孩兒要把王小軍訓練成能和他對打的對手，不可謂不用心，但他「這兒」「那兒」的教學方法實在太過粗糙，王小軍依舊沒有絲毫進展，用胡泰來的話說，他目前的程度真的是連普通人的拳都擋不了，除了能防蚊子，王小軍自己也不知道自己這兩天的苦功有什麼用。

天快擦黑的時候，胡泰來從賓館裡走出來道：「苦……老頭……」他習慣地想稱呼對方前輩，想起前車之鑒，臨時改口成了老頭，也算是學會了變通之法。

苦孩兒白耽誤了一下午的時間，又氣又急，對他怒目道：「幹啥？」

胡泰來小心翼翼道：「你們要不要吃點東西再繼續？」

苦孩兒頓時忘了發脾氣，拍拍肚子道：「走，吃東西去！」

王小軍和胡泰來相視一笑，說到底這苦孩兒的性子就像小孩兒一樣。

·第五章·

武當小聖女

王小軍無語良久之後道，「咱別開玩笑了吧，你怎麼會是師叔祖呢？」

那姑娘聽王小軍這麼問，手在腿上一拍道：「說了半天你還不知道我是誰吧——我是陳覓覓，龍游道人是我師父。」

王小軍驚訝道：「你就是武當小聖女？」

這幾天只要王小軍他們在賓館裡吃飯，就有員工招待他們，也不需要點菜，照例是有葷有素，有幾個人就照著幾個人的量做。

眾人坐下之後等著飯菜上桌，苦孩兒見著唐思思，和顏悅色道：「ㄚ頭，你多大了呀？」

唐思思道：「我十九了。」

苦孩兒點點頭道：「秘密好像也快了。」

王小軍等人相互看看，唐思思小心道：「秘密是誰？」

苦孩兒卻又不搭理她了，見有菜端上，生澀地抄起筷子就往碗裡夾，這一點倒是讓眾人刮目相看，王小軍把菜往他跟前挪了挪，認真道：「老瘋子，我問你一句話。」

「你說。」苦孩兒埋頭吃菜，得空才回了句。

「我們明天是一定要離開武當山了，你跟不跟我們走？」

苦孩兒明顯一愣，道：「你們去哪？」

王小軍道：「不知道，可能要去很遠的地方。」

「還回來嗎？」

「多半是不回來了。」

苦孩兒聞言癡癡發起呆來，看來他雖然不喜歡道士，但也捨不得離開武當山，於是在武當和王小軍之間艱難地選擇著。

唐思思不忍道：「要不然我們先去山下找個地方住幾天，你也跟我們待著，然後再做決定？」

苦孩兒雀躍道：「好好好，這個好。」說著又開始狂吃起來。

吃完飯，王小軍道：「老瘋子，你先跟我這兩個朋友玩一會兒，我要去跟那些道士們說件事。」

苦孩兒本來捨不得王小軍走，一聽他要去見道士這才點頭。

胡泰來把王小軍送出門來問：「你要去跟周沖和他們攤牌了？」

王小軍點頭道：「來武當的任務就算失敗了，我去交代一下，咱們這就滾蛋吧。」

胡泰來道：「我陪你去。」

王小軍揚著手中的手機道：「不用，有事我給你打電話。」

王小軍一個人提著錄影機，按著上次兩個道士領的路找到了那所院子，到門口有人通報，隨即王小軍便被請了進去，周沖和滿臉帶笑地迎到門口道：「王師弟這麼快就拍完了？」

這時天已經全黑，屋子裡除了劉平之外，還有幾個老頭是上次見過的，隨著王小軍到來的消息傳開，其他老頭紛紛從別的屋子出來往這邊跑，顯見是對游龍勁非常上心。

王小軍也不知該說什麼，他把錄影機往桌上一放，眾人的目光一起集中在那上面，周沖和拿起來想看，王小軍搶先道：「別看了，裡面什麼也沒有。」

「這……王師弟你什麼意思？」

王小軍坦白招供：「我問過你們的苦前輩了，他說不願意把游龍勁貢獻出來讓你們學，所以我也無能為力，我們要支持智慧財產權，拒絕盜版從我做起。」

「你！」周沖和的笑容停在了臉上。

劉平不悅道：「可是你從昨天到剛才不是都和他在一起嗎？」

王小軍攤手道：「他逼著我學不假，可這跟你們無關了。另外我順便一提，那老頭瘋瘋癲癲的，他的功夫你們不學，可能反而是好事。」

「得了便宜還賣乖！」座中一個長髮長鬚的老道怒道：「游龍勁是我們武當的功夫，你必須留下！」這老頭中氣十足，這一叫喊震得凡是有縫隙空檔的東西都嗡嗡作響。

「不好意思，愛莫能助。」

王小軍走到門前，見無人阻攔，邁步出了門口，接著幾乎是小跑著衝向院門，心裡暗叫好險，萬一有人攔著不讓他走，他還真不知道該怎麼辦了。

哪知王小軍正拔腿要跑下山去，一個又肥又壯的中年保安突然擋住他的去路，冷冷道：「你就是王小軍吧？」

「你是？」王小軍只想趕緊遠離是非之地，心裡一萬個不願意和人起糾紛。

但事與願違，那胖大的保安撣了撣制服，惡聲惡氣道：「我是武當山保安隊長，想跟你討個說法。」

王小軍愕然道：「紫霄宮那事不是已經過去了嗎？」

保安隊長道：「那事是過去了，但你羞辱我兄弟的事還沒過去！」

王小軍莫名其妙，半天才意識到是昨天那瘦子來「抓」他時被他嚇唬過，嚴格來說，他一指頭都沒碰過對方，不過人家的隊長既然找上門來，這個理由也就不是理由了。

那保安隊長斜眼道：「我聽說你手上的功夫很硬，特地來跟你討教討

教，不才我也是武當派的俗家弟子，今天我找你不是以保安的身分，而是以江湖人的身分，請賜教吧！」說著拉了個架勢，胖子氣場很足，動作麻利，從這點就能看出他功力不弱。

王小軍不住叫衰，這當口節外生枝，這一架不管打不打得贏都得另起事端。

就在這時，從山後走出兩個小道姑，年紀大約都在十六七歲左右，當先那個皮膚白淨的道姑脆聲道：「王小軍是在前面嗎？」

王小軍恨不得一頭栽倒，對付一個保安隊長還不夠，對方居然又來了幫手，但也只得硬著頭皮道：「是我。」

白面小道姑十分簡練道：「好，那你跟我們走吧，我們師叔祖要見你。」

保安隊長嘿然道：「兩位師姐，做事總得有個先來後到，我正要和這小子比劃呢！」

白面小道姑道：「你沒聽清嗎？是師叔祖要見他！」

保安隊長陪笑道：「師叔祖見他也不急在這幾分鐘，我先揍他一頓再說。」

同來的膚色稍黑一些的黑臉小道姑不耐煩道：「劉胖子，你是不是找死？」

她這一聲別說保安隊長，連王小軍也嚇了一跳，這小黑臉發起火真是毫無前兆，而且誰的面子也不給。劉胖子被個小姑娘當面呵斥，居然沒有半分脾氣，看著王小軍一句話也沒敢再說，但憤憤然的眼神裡又有點幸災樂禍。

這會兒白面小道姑依舊簡練地對王小軍道：「走吧。」

王小軍真是欲哭無淚，看樣子這位師叔祖在武當派裡輩分威望都極高，武功自不用說，剛才屋裡那幫老道沒動手，原來是等著師叔祖來收拾他！

王小軍忐忑地跟著兩個小道姑走著，就發現路是越走越偏，心裡不禁猶疑，小心道：「兩位妹妹，咱們這是去哪兒見你們師叔祖啊？」

小黑臉面無表情，也不說話，還是白臉的小道姑說了句：「到了你自然就知道了。」

「那……師叔祖他老人家高壽啊？」

這次，黑臉小道姑回過頭剜了他一眼，王小軍再不敢說話了。

不一時三個人來到一個土坡前，小白臉道姑手一揚道：「喏，你一直往前走就能見到我們師叔祖了。」

「你們不跟我一起去？」王小軍問。

小黑臉不悅道：「你怎麼廢話那麼多？」

王小軍只好順著山坡走下來，再回頭，兩個小道姑已經不見了，他鬼鬼祟祟地四下張望，山坡下是一條公路，白天這裡大巴士車來車往，這會寂靜無聲，一個年高德劭的老前輩為什麼約人在這裡見面？難道是想殺人滅口？所謂夜黑風高殺人夜——王小軍下意識地看了看天色，沒月亮，風還大……

王小軍正在東張西望，他身後山路的轉角處不疾不徐地開來一輛老式富康汽車，王小軍下意識地往邊上讓了讓，不料那車卻在他身邊停了下來，接著車裡一個清脆的聲音道：「是王小軍吧？」

王小軍點點頭，有一種全武當都在「圍剿王小軍」的感覺。

「上來吧。」車裡的姑娘道。

「可是我還在等人……」

姑娘忍不住打量了王小軍一眼，提高聲音道：「沒時間了，快上車！」

「誒，好。」人家既然叫得上自己的名字，必然是有什麼事，王小軍拉開車門坐進了副駕駛座。

他剛坐好，車子就嗡的一聲開了，破舊的富康車一啟動居然有極強的推背感，王小軍急忙抓好扶手，汽車在前面的拐彎處刷的一個急轉，王小軍趕緊用另一隻手把安全帶給繫上。

在崎嶇狹窄的山路上用這樣的速度轉彎，在王小軍看來無異於玩命，可那姑娘安之若素，很輕鬆地抓著方向盤，昏暗的光線下看不太清她的長相，依稀只能看到一個高高的鼻子尖，側臉線條很美！

「你是什麼時候來的武當？」姑娘用很隨意、就像跟老朋友聊天一樣的口氣問。

「呃，三四天了吧。」

「我是今天才知道你來的。」

「哦哦。」王小軍胡亂應了幾聲。

姑娘依舊很放鬆道：「你來武當是有事嗎？」

「嗯，那個……小姐——」王小軍忍不住道，「能麻煩你把我送回去嗎？我在剛才那個地方約了人，我不知道你要開車……」

「你還約誰了？」

王小軍愁眉苦臉道：「武當派的一個老頭。」

那姑娘愈發奇怪道：「你半夜三更約個武當派的老頭幹什麼？」

王小軍嘆氣道：「其實也不是我約的，是人家約我的，說是什麼師叔祖。」

那姑娘一愣，隨即仰頭笑道：「哈哈哈，別回去了，我就是她們說的師叔祖。」

「你？」王小軍詫異道。

借著路燈，他終於看清了駕駛座上這個姑娘的模樣，長髮長腿是對方最明顯的特徵，她坐在那裡，一頭飄逸的秀髮幾乎鋪到了座位上，一雙修長的腿自然擺放著，似乎和車子融為一體，最讓王小軍意外的是，這姑娘長得格外清靈出塵，杏眼端鼻唇線微長，笑起來特別有感染力，這感染力源自她的清澈無邪，見到她笑，王小軍也彷彿要情不自禁地笑起來。

要不是她穿著卡通圖案的T恤，還開著一輛破車，王小軍簡直以為是屈原詩歌裡那個美麗多情的山鬼現世了。

那姑娘也在打量著王小軍，然後說了句讓王小軍不知是該喜還是該悲的話：「你也不醜嘛。」

「咳咳——」王小軍無語良久之後道，「咱別開玩笑了吧，你怎麼會是師叔祖呢？」

那姑娘聽王小軍這麼問，手在腿上一拍道：「說了半天你還不知道我是誰吧——我是陳覓覓，龍游道人是我師父。」

王小軍驚訝道：「你就是武當小聖女？」

他離開峨眉之前聽江輕霞說過武當山有位輩分極高的小聖女，是武當前任掌門龍游道人的關門弟子，當今掌門淨禪子的小師妹。如果剛才那倆小道姑是周沖和的弟子輩的話，那陳覓覓可不就是名正言順的「師叔祖」嘛。

陳覓覓掃了王小軍一眼道：「怎麼你也這麼叫？隨便吧，這麼說你這次來武當，看樣子不是來找我的？」

王小軍又不知道該怎麼答腔了，心說這姑娘什麼都好，就是說話著三不著兩的，我跟你是第一次見，從前也沒半點聯繫，找你幹什麼？

陳覓覓見他不說話，嘻嘻一笑道：「你不好意思啦？」

王小軍再感摸不著頭腦，支吾道：「不是……咱們這是要去哪啊？」

陳覓覓道：「也不去哪，就是轉轉，看看路上有沒有雜物、有沒有山體滑坡造成的石塊下落，這是我的工作。」

王小軍詫異道：「這是啥工作？」

「公路稽查呀，不同的是我只查武當山的公路，我這確定沒問題了，明

天大巴士才能通行無阻，每天這個時段都是封山檢查時間，所以剛才讓你快點上車。」

王小軍好奇道：「你不是武當的小聖女嗎？」

陳覓覓撇嘴道：「小聖女是職業嗎？我得幹活養活自己呀。」

王小軍忽然覺得這個職業好暖心，一個鍾靈毓秀的姑娘，每天夜晚出行，開著她破舊的富康，日復一日地行駛在她熟悉的路上，自然和寂寞與她相伴，大山就是她的病人，浪漫到了不行。可是沒浪漫一會，他就由暖心變得有點嘔心了，陳覓覓的懸空飛車技他還是受不了——其實車子很穩，就是眼暈導致有點想吐……

「我說聖兒啊，咱開慢點行不行？」

陳覓覓樂呵道：「沒事，我平時開得還更快呢，以我對武當山的瞭解，閉著眼睛數秒也掉不下去。」

「看不出來，你還是武當山車神啊！」

陳覓覓哈哈笑道：「這個稱呼我喜歡——咦，你剛才叫我什麼？」

王小軍訥訥道：「我不知道該怎麼喊你，我要是喊你妹子，武當的人會殺了我吧？」

王小軍也是剛發現，他要是喊小聖女妹子，那他無形中就和淨禪子成了同輩，周冲和恐怕第一個就得跟他急了。

陳覓覓頓了頓道：「以後喊我覓覓。」

王小軍一激靈道：「老瘋子說的『秘密』就是你吧？」他想起苦孩兒兩次見到唐思思都有異常的表現，顯然是唐思思讓他想到了陳覓覓。

陳覓覓意外道：「你還認識苦孩兒？」

王小軍印證了心裡的想法，笑道：「當然認識，老瘋子還要把游龍勁教給我呢。」

陳覓覓嫣然道：「這可稀奇，看來你倆很投緣啊。」

王小軍道：「你們武當的人還讓我把過程拍下來，想問接學會這手功夫。」

陳覓覓愣了一下道：「那你答應了嗎？」

「答應了，而且錄影帶我都還回去了，不過——」

他後面的話還沒說完，陳覓覓臉色一沉，狠踩油門，車子在山路上咆哮而出，王小軍被拱得往前一栽，驚道：「這是怎麼了？」

陳覓覓幾個甩尾，時速瞬間飆上了一百，王小軍像是空罐頭裡的一顆彈球，被晃得東倒西歪頭昏腦脹，他剛想說話，急忙又用手捂住了嘴巴，他現

在只剩下一個感覺，那就是只要張開嘴心臟就會被噴出來。

陳覓覓神色憤然，一邊狂踩油門一邊冷冷道：「你知不知道苦孩兒平時很難相信一個人？」

「嘔——」王小軍道。

「你知不知道他不待見山上那幫老傢伙？」「嘔——」

「那你知不知道你這麼做，他會很傷心？」「嘔——」

「你這是背叛！」陳覓覓一個急剎把車停住，原來不知不覺中，他們已經回到了王小軍上車的地方。

陳覓覓雙手按在方向盤上，怒氣不減道：「王小軍，我對你太失望了！」

王小軍現在可顧不上誰對他失望，他拉開車門匍匐在地上乾嘔起來。

陳覓覓下車，摔上車門，把拳頭捏得嘎巴嘎巴作響，怒目橫眉道：「你吐！吐完了我要揍你一頓，然後咱倆就再沒關係了！」

王小軍吐得上氣不接下氣，他張開一隻手示意陳覓覓別過來，心裡只剩下一個念頭：這麼漂亮的姑娘，哪來的這洪荒之怒？

王小軍又吐了半天，陳覓覓真的就在邊上等了他半天，看來是非得揍王小軍一頓她才能消氣。

王小軍其實也沒吐出啥來，漸漸直起腰道：「陳姑娘你冷靜一下，那台錄影機裡面是空的，我什麼都沒拍。」

陳覓覓不信道：「你是怕挨揍才這麼說的吧？王小軍，我沒想到你是這樣的人！」

說到後來，小聖女又失望又痛心疾首，也不知她哪來這麼痛的領悟。

王小軍也不高興了，心說我一個大男人會為了怕挨揍騙你一個小姑娘？好像我真的怕你似的。

他還想再說什麼，陳覓覓已經繞過車子來到他面前道：「來吧，我讓你先出手。」

王小軍無奈道：「你想打架我陪你，不過話得說清楚，我可沒做虧心事。」

「囉嗦！」

「那我不客氣了。」王小軍心裡有氣，起掌向陳覓覓肩頭拍去，不過自然還是有分寸的，這一掌主要吸引陳覓覓的注意力，而且只用了一兩成力道。

陳覓覓沉著臉，一手撥打來掌，另一隻手直接來抓王小軍胸口，竟是要和王小軍展開對攻，王小軍暗笑，心說你們太極拳防守也就罷了，和鐵掌硬碰硬豈不是要自討苦吃？看來對方還是太年輕。

他任憑陳覓覓手掌貼近，自己左掌探出要反制她的手腕，兩廂一撞，王小軍只覺左掌像拍在了一個厚牛皮做成的氣囊上，瞬間被彈得退了一步，這還不說，右掌被陳覓覓一撥，他半邊身子就像失控一樣栽歪了一下，一招之下，王小軍又跳又退，陳覓覓跟身進步繼續搶功。

王小軍驚訝不已，但很快就擺正了心態，對方是大名鼎鼎的武當小聖女，自己剛才沒出全力是怕她空有盛名，既然雙方勢均力敵，那也就不用藏著掖著了。

他擺開雙掌，大開大闔地狂轟過去，陳覓覓迎著這波風暴竟然沒有半點退讓的意思，她步距短而輕快，在王小軍面前左一晃右一晃，左手劃個圓圈把王小軍雙掌絞在一邊，右手找個空檔，「啪」的一下在他肩頭打了一下——正是天下聞名的太極拳！

王小軍這次可不淡定了，他見對方年紀比自己小，又是個姑娘，心裡最怕的就是陳覓覓和他打太極耗時間，沒想到人家進攻的欲望一點也不比他小。說到底太極拳不是太極盾，既然有個拳字，那就是要打人的！

王小軍自以為沒有輕敵，其實恰恰犯了最大的錯誤，那就是自以為是，他才是「太年輕」的那一個。他肩頭中拳尚無大礙，當下振奮精神，舞動雙掌再次攻了過去。

這兩個人一旦對上，一個是力大招沉，一個是借力打力，一個是招法精奇，一個是無跡可循，同時施展全力之後，就再也沒有出現剛才那種一面倒的局面，王小軍學得雜，但不可謂不精，鐵掌、纏絲手、余巴川的怪掌，甚至胡泰來的黑虎拳這時在他腦子裡全都融為一體，隨取隨用已經沒有了界線，但就算這樣，依然連個上風都沒占到。

陳覓覓雙手忽拳忽掌，更是沒有半點桎梏，往往是王小軍幾十掌拍來剛換得一點主動，被她手上劃個小圈子就瞬間逆轉，跟王小軍長篇大論滔滔不絕相比，陳覓覓更能一語中的畫龍點睛。

王小軍直到今天才領教了太極拳的奧妙，王小軍越打越心驚，越打越沮喪。自他上了武當山，隨便一個瘋老頭一個小姑娘都讓他束手無策，由此他眼中的武當派也無限神秘高大起來，深覺鐵掌幫能排在武當之前實在是僥倖。

王小軍道：「咱們要不先停手，你總得給我一個證明自己的機會吧？」

陳覓覓卻不說話，王小軍一有罷鬥之心頓時落了下風，他本來修為大不如陳覓覓，這時被太極勁擺佈得東倒西歪，怒道：「你再纏著我，我可真不客氣了！」

「來呀！」陳覓覓言簡意賅道。

王小軍心裡叫苦不迭，前天碰上老瘋子不說，今天又遇到一個瘋丫頭，武當開派祖師叫張三豐，看來都是不瘋魔不成活的主兒，自己沒招誰沒惹誰就成了全武當的公敵，也不知道該跟誰說理去。他情緒起伏波動就不如陳覓覓那麼一鼓作氣，身上又中了一拳。

就在這時，山邊的樹叢裡忽然有人冒出頭來不滿道：「你們打架怎麼不叫我？」

「老瘋子！」

「苦孩兒？」

王小軍是看見了希望，陳覓覓則被苦孩兒的新形象嚇了一跳，老頭兒頭髮鬍鬚都修理過，穿了身新衣服，兩人自然而然地停下了手。

苦孩兒卻飛身出來道：「你倆玩夠了，我還沒玩呢！」他探身向王小軍拍出一掌，旋即繞個圈子朝陳覓覓打出一拳，王陳二人分別從兩邊抵擋他的進攻，苦孩兒覺得不過癮，把王小軍趕在了陳覓覓身邊，陳覓覓見了王小軍仍是怒氣不減，兩人瞬息間過了幾招，苦孩兒不甘寂寞，一手一個，分襲二人，三個人頓時來了個大亂戰。

以戰力而言，苦孩兒高出另外兩人甚多，本來他和這兩個年輕人都是朋友，但一動上手就又沒輕沒重起來，苦孩兒一掌拍向陳覓覓，王小軍怕陳覓覓接得吃力，又急於要找老瘋子辯白，於是斜插過去迎住了苦孩兒，猛出一掌要把他逼退，苦孩兒見王小軍掌來，興高采烈地等著用游龍勁把對方的勁道都彈回去。

陳覓覓皺了皺眉，她見王小軍這掌拍實了肯定反彈不輕，說不定還會受重傷，於是伸手在千鈞一髮之際把他拉了回來，用太極勁的柔力托住了苦孩兒的胳膊，這一招一過，陳覓覓和王小軍同時發現他們兩個一剛一柔加起來正好匹敵苦孩兒。

苦孩兒也又驚又喜道：「好，你們兩個打我一個才有意思了！」說著加緊攻勢，這一來，王小軍和陳覓覓既顧不上說話，更顧不得彼此提防攻擊，被迫全心全意地合力對付苦孩兒。

王小軍和陳覓覓此刻聯手竟然和老頭打了個旗鼓相當，但是有一個前提，那就是兩人必須拋開一切芥蒂通力合作，別說心懷鬼胎想著偷襲對方，就是抱有自私僥倖心理也不行，二人在錯身盤桓之際總免不了要有眼神交流，王小軍就發現陳覓覓終究是怒意難平。

「老瘋子！你得替我說句話啊，這兩天我對你怎麼樣？」

苦孩兒道：「你對我不錯，就是腦子笨了點。」

王小軍喊道：「不是這個，你就說我騙過你嗎？」

不等苦孩兒說話，陳覓覓道：「苦孩兒只有八歲的智商，哪懂騙不騙的，再說，你用錄影機偷拍，他又怎麼會知道？」

王小軍鬱悶到了極點，這可不是說不清了麼？

就在這時，原先給王小軍領路的那倆小道姑從路邊鑽了出來，她們見三個人大打出手，不禁叫道：「這是怎麼了？」

苦孩兒著惱道：「兩個小丫頭，一邊去！」

王小軍利用這個機會跳在一邊道：「不打了，誰想揍我也隨便吧。」

陳覓覓狠狠瞪了他一眼，隨即問：「明月、靜靜，你們來幹什麼？」

那個叫明月的白臉小道姑撇嘴道：「師爺和師父他們在屋子裡正生氣

呢，我們沒地方待，只好找師叔祖你這個避風港來了。」

陳覓覓納悶道：「他們為什麼生氣？」

明月看了看王小軍，欲言又止。

心直口快的靜靜道：「還不是因為王小軍，師祖他們給了王小軍一個錄影機，讓他把游龍勁拍回來，結果他什麼都沒拍。」

明月糾正道：「也不是什麼都沒拍，他在鏡頭裡和苦老爺子一起吃了塊麵包——」靜靜接著道：「然後就什麼也沒有了。」

靜靜說完這句話，陳覓覓驚訝地看著王小軍道：「原來你真的沒騙我?!」

王小軍拿腔拿調道：「原來你一直以為我在騙你啊。」

陳覓覓嘻嘻哈哈地在王小軍肩膀上一拍道：「你說，我做什麼才能彌補你？」這姑娘倒是拿得起放得下，說翻臉就翻臉，說道歉就道歉。

「那你給我親一口——」王小軍幾乎無意識地就想到了這幾個字，「那你給我」這四個字已經脫口而出，最後的「親一口」在最後一秒硬是生生地咽了回去。

王小軍的臉先一紅，暗自奇怪，自己不是這種輕薄無聊的人，怎麼忽然就情不自禁了呢？而且這個念頭是自然而生，戛然而止，只不過止是因為顧

慮到對方的身分……和身手。

陳覓覓還在等王小軍說完，見他忽然打住，追問道：「我給你什麼？你想要什麼？」

王小軍嘿然不語，明月和靜靜忽然看著王小軍嘰嘰咯咯地笑了起來，陳覓覓揮手道：「去吧去吧，有什麼可笑的？」

就在這時，就聽腳步紛雜，一大群人往這邊走來，當先的是劉平和周沖和，二人身後是十多個年在六旬開外的老頭，有俗有道，再後面則是十幾個中年道士，隊伍末尾是幾十號少年人，多是道士打扮，看樣子，這些人都是明月和靜靜的師兄弟；武當派的老中青少集體出動，也不知是出了什麼事。

劉平見陳覓覓和苦孩兒都在，不禁愕然，但他首先衝王小軍道：「王師侄原來在這，你過來，我有句話要跟你說。」

王小軍心裡起毛道：「你有什麼話就在這裡說吧，我聽得見。」

劉平環顧四周，咬了咬牙道：「我們昨天和你約定的事，你不妨再考慮一下。」

王小軍搖頭道：「不用考慮了，我不是都已經給你們答覆了嗎？」

陳覓覓道：「劉師兄，你們昨天和王小軍約定什麼事了？」

周沖和走上前，恭敬地向陳覓覓施了一個禮，眼睛盯著地上道：「見過師叔。」

陳覓覓不耐煩道：「我問你們話呢。」

周沖和這才抬起頭道：「回師叔，苦前輩要把游龍勁教給這位王小軍王師弟，我們本想請他把教學過程錄下來，也好為我們武當保留一項絕技，不想王師弟不知為什麼中途變卦了。」

王小軍道：「其實原因就在錄影帶裡呀。」

劉平道：「視頻裡明明什麼也沒有——哦，就只有你和苦前輩吃麵包的鏡頭。」

王小軍笑道：「你要是知道那麵包的來歷，就什麼都明白了。」

劉平不解道：「再貴的麵包能值多少錢？」

王小軍道：「那麵包不貴，是老瘋子撿的——那是他當時所有的財產，你們這該明白了吧？」

劉平頓時無語，陳覓覓用讚賞的眼光看著王小軍道：「王小軍，是條漢子。」

王小軍急忙擺手：「別，你才是條漢子呢！」

陳覓覓哈哈一笑，兩個人當眾冰釋前嫌。

這時那長髮長鬚老道出列道：「王小軍，你把游龍勁留在武當本來是雙贏的事，你好好想想這件事的利弊；還有，你的江湖路還長，是不是要先得罪武當？」

陳覓覓攤手道：「你說得罪就得罪嗎？就好像你一個人能就代表武當似的！」

那長鬚老道看年紀比劉平還大，但被陳覓覓一句話頂回來，竟是半點脾氣也無。他身後的一干老頭們也是靜默無語，周沖和和劉平對了個眼神，這幫人裡，陳覓覓似乎只給劉平幾分面子。

劉平擠出個笑臉道：「師妹，你這是怎麼了？讓游龍勁發揚光大還不是為了我們武當？你怎麼能為一個外人駁了淨塵子師兄的面子？」

王小軍喃喃道：「淨塵子——這不就是個掃地的嗎？」

陳覓覓憋著笑道：「師父創了游龍勁又沒說要它傳下來，必定有他的道理，再說，王小軍也不是外人啊。」她看看王小軍道：「師父在我小時候就給我訂了一門親事，你們知道對方是誰嗎？」

劉平、周沖和、淨塵子，包括武當上下所有的人都瞪大了眼睛，只有明月和靜靜相視一笑，看來是事先知道。

王小軍這時也覺五雷轟頂，怔怔地看著陳覓覓，卻見陳覓覓轉過來對他道：「王小軍，我不到四歲那年你剛六歲，我師父和你爺爺一見如故，於是定了門娃娃親，從某種角度來說，我是你沒過門的妻子。」

王小軍雖然早有心理準備，這時也目瞪口呆，接著又是面紅耳赤，又是抓耳撓腮，更不知道是該喜還是該怨，喜的是陳覓覓落落大方，容姿絕美，怨的是爺爺居然在這種事上替自己做主，豈不是有草菅人命的嫌疑？

劉平看著王小軍道：「原來你就是師父說的那個人？」

周沖和失魂落魄道：「師叔，這種事做不得準，現在都什麼年代了……」

這其實也是王小軍對待類似事情的態度，在唐思思的問題上，他幾乎對曾玉說過一樣的話，但這時他真想上去給周沖和兩個大耳刮子。

·第六章·

傳奇人物

陳覓覓還沒說話，劉老六已經嘆道：「你們這些年輕人對江湖典故一點都不懂就敢瞎問，龍游道人可是武林中百年難遇的傳奇人物，他要活到現在，得足足一百二十歲了。」

「啊?!」王小軍和胡泰來一起驚叫起來。

淨塵子道：「王東來近兩年生死不知，鐵掌幫眼看就要名存實亡了，你嫁給這小子能落著什麼好？再說……再說這種事，你一個女孩子怎麼好先提出來?!」

王小軍無語道：「你們不是兩耳不聞窗外事的嗎？」

陳覓覓先瞪了淨塵子一眼：「我師父可沒你這麼功利齷齪！」隨即又自然道：「武林自有武林的規矩，這件事上你們不占理，就算王小軍跟我半點關係也沒有，我也不能讓你們欺負一個勢單力薄的外人，否則遺羞的是武當。」

劉平見今日的事肯定不會有結果了，跺腳道：「都跟我回去！」

淨塵子靈機一動，對苦孩兒道：「老瘋子，要不你把游龍勁教給我？」他聽王小軍說苦孩兒喜歡別人喊他老瘋子，這時也硬著頭皮喊了一句。

苦孩兒回過頭看著淨塵子，淨塵子頓覺有門，提高聲音道：「老瘋子，我喊你呢！」

「你敢罵我！」苦孩兒勃然大怒，飛身上前在淨塵子腦袋上一頓搧。淨塵子毫無還手之力，頭髮和鬍子都被苦孩兒拔掉好幾縷。

王小軍驚道：「原來他知道這不是好話呀？」

陳覓覓道：「這種話要看誰用什麼語氣說。」

她的意思王小軍當然懂，不禁又一驚——難道他當初喊苦孩兒老瘋子的時候特別柔情蜜意嗎？

淨塵子抱頭鼠竄，周沖和表情複雜地看著王小軍，終於踟躕著去了，明月和靜靜掩口偷笑，無奈只有跟著老道們走了。

王小軍扭頭，見陳覓覓正在看他，不禁尷尬地咳嗽了兩聲，陳覓覓用一根手指戳著下巴玩味道：「看來你剛才真不知道我是誰，你爺爺從來沒跟你說過麼？」

「沒有，事實上剛才那個掃地的說得沒錯，我已經有很久沒見過他了，這次我來武當也是跟這件事有關。」

他粗略地把來武當的意圖說了一遍，陳覓覓道：「這些咱們以後再聊，今天太晚了，明天我去找你玩。」

王小軍道：「明天我們打算要走了，老瘋子這事一出，我們不能再在武當山上待了。」

陳覓覓道：「事情成與不成都由我師兄說了算，你們索性再等幾天，其他的你不用管，小聖女這點面子還是有的。」

王小軍眼睛一亮道：「這樣最好。」他打個哈哈道，「看來在哪兒都是有熟人好辦事啊。」

說完自己也後悔了，他和陳覓覓的關係實在很難定義是熟還是不熟，從事實來說，兩人認識才不過兩小時，可是卻已有十幾年的婚約在前……

陳覓覓頓了頓道：「至於咱倆……先當朋友交往吧。」

這個「先」字涵蓋了無數可能，王小軍慌亂地點著頭：「好……」

苦孩兒道：「你倆不跟我打架啦？」

王小軍小心翼翼道：「老瘋子！」

「啥事？」苦孩兒很自然地應道。

「沒事，我要回去睡覺了，明天咱們再玩。」王小軍鬆了口氣，看來這三個字他喊是安全的。

王小軍再看陳覓覓，後者朝他招了招手，嫣然道：「明天見。」

王小軍像喝了酒一樣飄著回到賓館，唐思思和胡泰來正在賓館門前的台階上等他，二人見王小軍滿臉通紅、踉蹌著走過來，一起吃驚道：「你受傷了？」

王小軍擺擺手，忽而認真道：「你們知道嗎，原來我有個未婚妻！」

胡泰來伸手在他額頭上摸著道：「你發燒啦？」

唐思思卻看出王小軍既不像受傷也沒有喝酒，忍不住八卦道：「她長什麼樣？」

王小軍緩緩坐倒在台階上，悠悠道：「很漂亮，性格也好，還是個老司機。」

唐思思皺眉道：「看來是內傷，要麼就是中毒了。」

王小軍這時忽然振臂高呼起來：「我老婆是武當小聖女！」

胡泰來著慌地對唐思思說：「你打一一九我堵嘴，這要讓武當的人聽見，咱們就別想跑了！」

王小軍用了大半個小時才跟胡泰來和唐思思解釋清楚自己和陳覓覓的關係。當他說到「我們倆原來在十幾年前就定了娃娃親」的時候，唐思思大喊道：「你直接說這句我們不就明白了嘛！」

王小軍有點迷糊道：「太神奇了，想不到我爺爺已經把我許出去了！」

唐思思斥道：「這有什麼神奇的，我爺爺也把我許出去了。」

王小軍問胡泰來：「你呢老胡，你師父就沒給你定個娃娃親什麼的？」

胡泰來搖頭。

「那你以後出門怎麼好意思跟人打招呼啊？」然後他指正唐思思道：「你那不算啊，你爺爺是黑心商人，我爺爺卻是高瞻遠矚，在二十年前就替我擺脫了光棍的身分，這跟千把塊一平米的時候在北京買房是一樣的！」

胡泰來把一瓶礦泉水遞給王小軍道：「你先冷靜冷靜，你不會把這種事當真吧？」

王小軍道：「你啥意思？」

胡泰來道：「龍游道人已經不在了，你爺爺自顧不暇，恐怕根本忘了這事了，你要是就憑當年一句話就鎖定人家姑娘，對你對她都不公平吧？」

唐思思加了句：「而且口頭約定又沒有法律效力。」

胡泰來攤手道：「雖然我不懂法，不過這事就算簽了協議也沒法律效力吧？」

王小軍急忙道：「娃娃親是真的，但我肯定不能憑一句話就把她娶了，用她的話說，先當朋友唄。」

第二天一早，王小軍去敲胡泰來和唐思思的門，卻發現兩人都不在屋裡，他嘀咕著下去吃早點，驚訝地發現兩人端著粥就坐在賓館大堂裡吸溜著。

「你倆這是幹什麼呢？」王小軍好奇地問。

唐思思頭也不抬道：「等人。」

「等誰？」

胡泰來不好意思道：「思思說她一定要第一時間見見你的武當小聖女。」

王小軍這才明白是唐思思的八卦之心太過旺盛，所以拉著胡泰來一大早就在大堂裡守著。他指指胡泰來道：「她是個八婆，你也跟著湊熱鬧！」

胡泰來坦然道：「我也好奇呀。」

就在這時，賓館外遠遠地走來一個身材窈窕的道姑，秀髮高挽，遠看雖然看不清面容，但可見膚色如玉，唐思思激動地一下跳起來道：「快看這是不是你的小聖女？」

王小軍猶疑道：「覓覓……她不是道姑啊，這也不知是明月還是靜靜，嗯，應該是明月。」

說話間，那道姑已經進了大堂，她見眾人都在，便揚了揚下巴道：「都吃著呢？」她身材高挑，雙腿修長，卻不是陳覓覓是誰？

王小軍頓時結結巴巴道：「你……你怎麼穿了這麼一身？」

陳覓覓低頭看看自己的裝束，哈哈一笑道：「穿這個方便領著你們玩呀，一會兒去了各個景區，我要不穿身『制服』，插隊不是要挨罵嗎？」

王小軍擦汗道：「深謀遠慮呀你。」

唐思思道：「你那麼緊張幹什麼？」

王小軍嘿然道：「我哪緊張了？」

胡泰來起身道：「在下是黑虎門胡泰來，見過……見過……」他不知道該怎麼稱呼對方，雖然他從王小軍嘴裡得知武當小聖女叫陳覓覓，如果論江湖輩分，自己的師父勉強能算淨禪子的同輩，那小聖女就得是自己的長輩了。

陳覓覓爽快道：「我叫陳覓覓，大家都叫我覓覓就行。」

唐思思蹦過來拉住她的手道：「我叫唐思思。」

陳覓覓笑道：「咱倆名字都是疊字啊。」

唐思思樂道：「王小軍還有個師妹叫段青青。」

「呃。」王小軍撓頭道，「覓覓，你打算帶我們去哪兒玩啊？」

陳覓覓道：「逛武當啊，我給你們當一回導遊。」

四人出了賓館，陳覓覓也不特意帶大家去哪，而是隨性走到哪裡就進去看看，景區的管理員看來大多都認識她，一般的遊客見了道士也都自覺讓路，陳覓覓一邊講解武當的歷史，有時就會隨口說些兒時的記憶。

唐思思由衷道：「這才是武當深度遊啊。」

到了中午，陳覓覓道：「咱們上金頂看一看吧，你們是想自己爬還是坐纜車？」

王小軍舉手道：「上次是坐纜車，我覺得這次——就還坐纜車吧。」

眾人絕倒。

然而纜車那邊似乎是起了什麼爭端，出車口處圍了一大堆人，卻遲遲不見排隊的隊伍前進。陳覓覓越眾而出，王小軍他們緊隨其後，就見兩個工作人員正滿臉無奈地要阻止一個老頭強行登上纜車。

那老頭穿了身蚊帳布做的長袍，硬說自己是武當山上的道士，要求享受免費待遇。

工作人員道：「大爺，你聽我的買張票去吧，沒多少錢，你再這樣我們也不能讓你上去。」

那老頭抖擻著身上的薄紗布道：「哎呀我也是武當人嘛，自己人還得花錢？」

另一個工作人員道：「你說你是別的地方的道士我們也就忍了，你說你是武當山的道士，又拿不出證件來。」

那老頭繼續抖擻著蚊帳布的長袍道：「一般人有我這樣的道袍嗎？」

先前那工作人員無語道：「你這行頭但凡用點心我們就讓你上去了，可是你自己看——」他把老頭的前襟捏起來道：「你這紗窗布是透亮的，我都看見你裡面的T恤了，還『嗨起來』，你這是給舞廳開光去啦？」

老頭嘿嘿一笑，隨即道：「出家人四大皆空，穿什麼都不重要，重要的是心中要有佛祖。」

那工作人員憤然道：「我要是臨時工早就揍你了！你這套說辭該上少林去！」

老頭不好意思道：「哎呀混了混了，你再給我一次機會……」

王小軍一見這老頭就暗笑不已，大聲道：「劉老六！」

劉老六愕然回頭，遲疑道：「王小軍？」

王小軍笑嘻嘻道：「你怎麼騙到這兒來了？」

劉老六羞赧道：「我進山就是靠這身免的票，誰知道坐個破纜車還遇著倆死心眼。」

兩個工作人員對他怒目而視。

陳覓覓微笑道：「行了，既然都是朋友，就當給我一個面子。」

纜車上，王小軍打量了劉老六半天才痛心疾首道：「六爺，要說你也是江湖前輩，怎麼混到這種地步了？」

劉老六把身上的蚊帳脫下來，揉成一團坐在屁股下面，T恤上果然印著一個大大的搖滾手勢，下配三個觸目驚心的「嗨起來」！人家工作人員一點也沒冤枉他。

「我要不是身上正好沒現金了，有必要費這麼大周折嘛?!」劉老六把墨鏡鼓搗出來戴上，嘀咕道：「我都這歲數了還不該免個票？武當的人素質真是，哎……」

陳覓覓笑道：「我替他們給您道個歉。」

劉老六看著這個漂亮的姑娘心情大好，笑嘻嘻道：「喲，王小軍的班底還擴大招生啦，這位是？」

胡泰來道：「說您是武林的百科全書，那我考考您，淨禪子道長有個小師妹——」

「原來是武當小聖女呀，都長這麼大啦？」劉老六自顧自道，「小時候

我還抱過你呢。」

「是嗎？」雖然大家都看出老頭就是隨口瞎說，但也佩服他的廣博。

陳覓覓也不揭穿他，笑呵呵道，「我常聽我師兄提起您老『武林活百科全書』的大名呢。」

劉老六飄飄然道：「是吧，我也是心說就別讓你師兄親自去接我了，勞師動眾的，這才來了個微服私訪。」

王小軍撇嘴道：「你頂多也就是被王胖子接待一下的級別。」

唐思思含笑道：「六爺，知道武當小聖女不稀奇，你要是知道她和王小軍的關係我才服了你。」

劉老六道：「這麼說你倆有婚約的事，大家都已經知道了嗎？」

唐思思驚訝道：「你真的知道啊？」

劉老六顯得比她還驚訝：「真給我猜中了啊？」

眾人聽說老傢伙是胡猜的，都又可笑又可氣，唐思思道：「你怎麼不猜別的？」

劉老六慢條斯理道：「倆人年紀相當，金童玉女，還有別的可猜嗎？難道我說他們是一對父女或母子？」

唐思思沉思道：「有道理……」

劉老六道：「出來混不但要有學識，還得動腦子嘛。」他說著話，掏出一個小本子來，在上面寫著什麼，一邊喃喃道：「武當小聖女和鐵掌幫王小軍早有婚約，嗯，又多一條知識。」

胡泰來道：「六爺，您上武當來是有什麼事嗎？」

劉老六道：「沒事，就是轉轉，散散心。」

這時纜車停靠，陳覓覓整理了一下道袍率先走出，劉老六在後面嘀咕道：「這小丫頭既然和人有婚約，怎麼又成了個道姑？」

唐思思道：「還不是為了方便領著咱們玩，你穿身蚊帳跑到武當來是為了什麼？」

劉老六嘿嘿一笑道：「這丫頭還是我輩中人啊——我說覓覓呀，你這身行頭穿完就送我唄，下次我去龍虎山青城山也用得著。」

唐思思掩口笑道：「你有那麼好的身材嗎？」

王小軍道：「我們去峨眉的點子還是你給出的，要讓余巴川知道了，你還敢去青城？」

劉老六道：「你們在峨眉的事我已經知道了，哥倆都不錯，尤其是王小

軍，現在也算名滿江湖了。」

王小軍得意道：「厲害吧？」

劉老六道：「說到這，你們欠六爺多少錢來著？五萬還是六萬？」

唐思思立刻道：「四萬！」

「嗯，就是四萬。」劉老六一伸手，「還錢！」

王小軍伸手遠遠地一指：「看，那就是金頂！」說著跑掉了。

劉老六道：「這個小兔崽子，提錢就跑！」末了又嘆氣道：「也就他和六爺我算是棋逢對手、將遇良才啊。」

這段路上，道士們往來漸多起來，他們見了陳覓覓之後也都表現各異，有的格外恭謹，側身讓在一邊，目不敢視，行禮直至眾人離開，有的則是象徵性地打個招呼。

陳覓覓對眾人解釋道：「跟我客氣的都是武當派的，隨便一點的則是教裡的。」

王小軍點點頭，通過上次的誤會，他瞭解到武當是教和派分開的，他們所說的武當派是指淨禪子周沖和一脈，武林身分大於宗教身分，武當教則是正規的道教弟子。

大夥上了金頂，劉老六圍著那個赤金色的亭子轉了一圈道：「嗯，渾然天成，大氣磅礴，武當金頂果然名不虛傳，當年沒有任何科技手段，要建成這麼個頂子也不知得花多少民力。」

陳覓覓道：「六爺是行家，武當山的底子都是元明時期打的，這種級別的建築在當時肯定是空前的盛況。」

唐思思道：「難怪武當山的道士們都比較高冷，原來是沾染了皇家的氣派。」

陳覓覓背著手笑道：「我們方外之人對待施主們太隨和了，怕讓人覺得你沒城府。」

這時，一個青年道士走上前恭敬道：「師叔，我們大師兄得知您到了金頂，特在凌霄閣恭候，請您和幾位朋友移步用茶。」

陳覓覓不耐煩道：「我們自己玩玩就行了，這大熱天喝的什麼茶，你就跟周沖和說，他的好意我心領了，我們就不過去了。」

那青年道士面有難色，劉老六搶先道：「既然人家有心，咱們也不好不給面子，被人說六爺耍大牌就不好了嘛。」

陳覓覓不好再說反對的話，便對那道士道：「我們待會過去。」

那青年道士飛奔而去，顯見輕功不弱的樣子。

陳覓覓搖頭道：「這個周沖和就愛搞這些繁文縟節，不過你們去凌霄閣看看也好，咱們走吧。」

眾人下了金頂，來至山腰上的道觀群中，這裡也是上次妙靈子接待王小軍他們的地方，陳覓覓當先走進來，十來個道士一起躬身行禮，有的喊「師叔」，有的喊「師叔祖」。凌霄閣顯然是這裡的主宮，幾個小道士在忙裡忙外地收拾，看樣子周沖和剛才正在這裡喝茶，知道陳覓覓要來，於是趕緊撤下剛才的茶壺茶杯換上新的。

唐思思由衷道：「輩分大就是好，咱們沾覓覓的光，周沖和都得讓地方。」

王小軍不禁偷瞄了陳覓覓一眼，他知道周沖和在武當派地位超然，但不知為什麼對陳覓覓如此恭敬。

陳覓覓看著那些忙碌的小道士愈發不悅道：「這不是自己給自己找麻煩嗎？」

這時周沖和大步迎出，老遠就施禮道：「師叔！」

陳覓覓也不搭話，點了點頭便帶眾人進了凌霄閣，周沖和跟在後面，等大夥落了座，他仍然站在當地，陳覓覓不禁道：「沖和，咱們都是自己人，以後不用弄這些客套。」

「是，師叔。」周沖和嘴上答應著，一副大氣都不敢出的樣子。

陳覓覓乾脆揮手道：「你要沒事就出去吧。」

「呃，是。」周沖和居然就這麼被趕了出去。

眼見周沖和被一個十八九歲的小姑娘呼來喝去，眾人均覺有點不適應。

周沖和出去以後，陳覓覓這才對唐思思道：「輩分大了也煩，那些老頭子見了你表面上客客氣氣的，可傻子也知道他們心裡不情願，這事兒我也說過不少次了，不用跟我客氣，可是沒用。」

劉老六持平道：「他們恭敬你可不是衝你的面子，武林中，輩分規矩大於一切，一個門派想要傳承下去，就不能不講這些規矩。」

唐思思道：「這是什麼道理？」

劉老六嘿嘿一笑：「你想啊，你今天對前輩恭敬，混得日子久了，你遲早也會成為前輩，所謂多年的媳婦熬成婆，要是大家都亂著輩分胡來，那些沒什麼真本事的人就永無出頭之日了，說白了，武林還不是跟機關行號一

樣，熬資歷就在於一個『熬』字，你遵循規則，體制才能給你帶來利益；當然，你爸要是省長部長那就不一樣了，這小丫頭不就是個很好的例子嗎？」

胡泰來感慨道：「六爺通透！」

陳覓覓嘆道：「我師父向來不把這些狗屁規矩放在眼裡，所以才離經叛道地收了我這麼個關門弟子，可他就沒想過給我造成的困擾，武當山這麼多人，可我連一個朋友都沒有。」

眾人慨然，大家眼睜睜看著陳覓覓走到哪都被「德高望重」，那些四五十歲的中年人往往見了她都要口稱師叔，年紀再輕一點的更是連話也不敢說，和她平輩的都是六七十歲的老頭，在這種壓力之下又怎能交到朋友？輩分問題峨眉派也存在，但因為執掌峨眉的是幾個年輕姑娘，所以峨眉派看起來更像所大學，而武當這種古老門派傳承千年，如今總不免帶了一股迂腐森嚴的氣氛，人人都道小聖女如何光鮮，卻不知她也有自己的煩惱。

唐思思道：「覓覓，我有個問題不知道該不該問，問出來怕你會怪我。」

陳覓覓道：「你問。」

唐思思遲疑道：「你……你師父是什麼時候去世的？」

「五年前，怎麼了？」

「那你師兄今年多大了？」

陳覓覓順口道：「剛過七十呀。」

唐思思道：「所以我就納悶了，你師兄都七十了，你師父才剛過世五年，這雖然解釋了你輩分何以如此之高的原因，但我很好奇你師父的輩分是怎麼排下來的？難道他跟你一樣，也是年紀不大輩分大？不然他活到現在不得一百歲了？」

陳覓覓還沒說話，劉老六已經嘆道：「你們這些年輕人對江湖典故一點都不懂就敢瞎問，龍游道人可是武林中百年難遇的傳奇人物，他要活到現在，得足足一百二十歲了。」

「啊?!」王小軍和胡泰來一起驚叫起來。

劉老六點點頭：「沒錯，是一百二十歲了。」

陳覓覓微微笑道：「我師父仙逝那年確實是一百一十五歲高齡，在去世前一年他還喝酒吃肉都不耽誤，能打上一個多小時的太極拳而不喘。」

王小軍震驚道：「我去，這是老妖……老神仙呀！」

陳覓覓面帶笑容道：「你想說老妖怪就說吧，我師父自己也這麼評價過自己。」陳覓覓提起龍游道人沒有悲傷只有緬懷，這姑娘對生死看得很淡，

言談間也不避諱死字。

劉老六繼續感慨道：「龍游道人被譽為武當派不世出的高人，甚至有人說他是張三豐轉世。」

唐思思問：「他武功很高嗎？」

劉老六道：「龍游道人絕世高手，武功自然沒得說，但他最傳奇的卻不是他的武功。」

「那是什麼？」胡泰來道。

劉老六忽然對陳覓覓道：「覓覓，你一共有多少個師兄？」

陳覓覓算了算，道：「山上有二十多位，山下不常來往的，這幾年陸續過世的，俗道加起來總共也有五六十個吧。」

王小軍他們相對驚嘆，峨眉派就是因為沒有老人撐腰，所以處處被人欺負，武當卻有半個連的老前輩，難怪無人敢惹呢。

劉老六道：「這些師兄中，管你師父也叫師父的，有多少呢？」

陳覓覓道：「這個我知道，算上我掌門師兄和目前在山上的劉平師兄，一共是八個，有兩位師伯在我很小的時候就已不在了，所以在世的是六個人。」

劉老六點點頭道：「嗯，你有六十個師兄，而你師父親自教出來的只有八個，這說明了什麼？」

陳覓覓惘然道：「這……我以前也沒想過，說明什麼呢？」

劉老六一拍大腿道：「說明你們武當派派系很多，兄弟也是分親兄弟、叔伯兄弟的。」

胡泰來道：「其實叔伯兄弟往上說也是一個祖宗呀。」

劉老六道：「這話說到重點了，武當派尊張三豐為祖師，張三豐的徒弟又各自收了徒弟，一千年傳下來，武當枝葉茂盛，可是就產生了一個問題，那就是誰當掌門？大家都是習武之人，平輩之間不免要競爭，憑什麼你當掌門我不能當，龍游道人自然也有師父，他師父在傳位的時候就遇到了這樣的問題，不說旁支，單就自己的親傳弟子就有十幾個，偏生這十幾個弟子個個雄心勃勃要接管武當，這掌門之位傳給誰就成了個難題，結果老掌門逝世前也沒能解決這個問題，這十幾個弟子就為此明爭暗鬥起來。」

陳覓覓不悅道：「我師父不是這樣的人。」

劉老六道：「你等我把話說完，龍游道人生性散漫不羈，是少有不把掌門之位放在心上的人，當時他的師兄弟卻各自對他多方拉攏，希望能得到他

的助力，龍游道人為了眼不見心不煩，索性離開武當山雲遊天下，這也是他常年不在山上的主要原因。」

王小軍好奇道：「那最後掌門誰當了？」

劉老六道：「掌門之位一直懸而未決，堂堂的武當又不能無人主持，於是這些師兄弟們想了一個折中的法子，就是暫不設掌門之位，由派內資歷最高的師兄主持日常事務，遇到重大事件就大家商量著來，這個法子就一直被保留了下來。」

王小軍不解道：「這不也挺好的嗎？」

劉老六看了他一眼道：「表面上看是挺好的，可其中的勾心鬥角誰又能體會得到呢？」

王小軍理解道：「嗯，所以從那以後，武當派的人都對輩分和次序看得很重了。」

唐思思急切道：「後來呢？」

劉老六道：「覓覓的師父是四十多歲離開武當山，後來……後來……」

眾人一起道：「後來怎麼了？」

劉老六悠悠道：「後來，在龍游道人八十五歲這一年，他忽然發現自己的師兄弟們一個也沒有了。」

王小軍是愣了一下才反應過來，興奮道：「哇，這才是真正的人生贏家啊，老頭硬是把自己的競爭對手全給耗死了！」

陳覓覓無語道：「你怎麼什麼話都說？」隨即也是嫣然一笑，「我師父可沒想耗死誰，他是吉人自有天相。」

胡泰來道：「龍老前輩以八十五歲高齡正式接任武當掌門……然後他足足又幹了三十年啊！」

劉老六結論道：「所以你們要戒煙戒酒多鍛煉身體，到了一定份兒上，你自然就是老前輩了。」

第七章

太極推手

周沖和手臂一橫一撥便把他的攻擊完全化解，順帶將他帶得一歪，緩緩道：「這是太極拳裡最基本的推手，練到深處也有化腐朽為神奇的功效——」順勢在王小軍胸口拍了一下道：「這招叫樵夫指路，也是太極拳裡的功夫。」

陳覓覓又氣又笑道：「說得我師父好像光活得歲數大似的。」

劉老六道：「這當然只是一部分，龍游道人傳奇就傳奇在他的後半生，他這一生收的徒弟很少，卻個個名滿天下，武當七子你們都聽過吧？」

王小軍等人相互對視一眼，都不好意思說不知道了。

好在陳覓覓接口道：「武當七子是說我們武當派七個頂尖高手，其中就包括我掌門師兄在內。」

劉老六點頭道：「武當七子代表了武當派現下武功最高的七個人，這七個人中，龍游道人的弟子就占了四個，另外三個雖然管他叫師伯或者師叔，但也是受了他親自指點之後才武功大成的。說到底，龍游道人肯當武當掌門不是因為他想當，而是怕自己繼續躲清閒的話，後輩弟子要重蹈覆轍。他當了掌門之後，對別的支系的弟子也多有指教，做事一視同仁，然後才有了武當今日的盛況，不過很多旁系弟子受自己師父的影響，對龍游這一脈要麼敬而遠之，要麼心有芥蒂，因為要是沒有龍游道人，他們本來是有可能當上掌門的。」

陳覓覓恍然道：「難怪那些師兄見了我冷冰冰的，原來這裡面還有這個因素。」

劉老六道：「所以我說兄弟也是分親兄弟和叔伯的，你掌門師兄和另外五個師兄肯定待你不薄，因為你們是『親』的，周沖和是你掌門師兄的大弟子，當然要對你禮敬有加，一來你們是武當派裡的黃金正統派系，二來往遠說，他想要順利接任掌門，你是不可或缺的幫手。」

陳覓覓發愁道：「好煩啊這些關係！」

劉老六悠然道：「小丫頭，有人的地方就有江湖，你不算計別人不代表別人不算計你。」

王小軍這時卻掰起了指頭。陳覓覓好奇道：「你幹什麼呢？」

王小軍道：「我在算算數，你看啊，五年前你師父去世是一百一十五歲，你那會兒才十四五——你師父比你整整大一百歲，你這輩分想不大都不行啊。說起來，我爺爺也是你師父的晚輩啊！」

唐思思也好奇道：「覓覓，龍老前輩為什麼會收你做關門弟子呢？你是怎麼認識他的？」

陳覓覓面帶微笑，緩緩道：「其實，我見我師父的時候我還很小。」

唐思思道：「你那時多大？」

「八個月。」陳覓覓道。

眾人均感驚詫。

陳覓覓道：「我父母都是武當山下的農民，那天我師父雲遊回來，到了山腳下忽然覺得肚子餓，恰好趕上我爸在家烙餅，我師父被烙餅的香味吸引到了家裡，直接說明來意，我父母對出家人向來樂善好施，不過餅還沒熟，我那會剛會爬，我爸烙餅還得不時回頭照顧我，我師父見了，就把我抱在懷裡，他說我當時衝他咯咯一笑，樂得他也心情舒暢，於是就跟我爸商量說他想收個關門弟子，我爸想也沒想就答應了。」

唐思思托著下巴羨慕道：「真是一段奇緣。」

王小軍摳著指甲道：「奇什麼緣，我看這就是一個老吃貨遇上傻丫頭的故事吧？」

陳覓覓接著道：「我師父在我五歲時開始教我一些粗淺的功夫，有時候他教完我一套拳就去雲遊，回來檢查發現我偷了懶，他就氣得吹鬍子瞪眼的，有時候把我罵哭了，我就威脅他再也不學了，他還得反過來哄我。」

胡泰來道：「你和你師父感情一定很好。」

陳覓覓感慨道：「其實現在想來，老頭無非就是找個玩伴，在山上他是掌門，在武林裡他是前輩，處處受人恭維和尊敬，可他性子又不喜歡這些，只有小孩子什麼也不懂，沒那麼多規矩。」

唐思思道：「可是收你為徒這也太驚世駭俗了，算起來你剛出生那年，淨禪子也五十多歲了，你拜你師兄為師，輩分都夠大的，更別說成了他的師妹。」

陳覓覓回憶道：「說到這個可有意思了，我師父一直瞞著我的事兒沒告訴山上的人，直到我十來歲那年，他突然領著我上山，然後讓我見誰管誰叫師兄，你們沒見那些老頭們的表情，活像整咽了一個雞蛋似的，哈哈哈。」

王小軍突然道：「那你算道姑嗎？」

陳覓覓道：「不算吧，我師父只讓我拜師學藝，卻沒入過教。」

唐思思露出別有深意的表情看著王小軍道：「某人問這個問題是別有用心哦。」

唐思思說完這句話，王小軍和陳覓覓有意無意地對視了一眼，兩人都是灑脫的性子，雖然沒有不好意思，但終究有點不自然。

陳覓覓起身道：「你們等我一會兒，我去換身衣服。」說著去了別的屋子。

王小軍狠狠瞪了唐思思一眼，唐思思立刻叫道：「你瞅我幹啥，喜歡

人家就明說呀，鬼鬼祟祟地旁敲側擊，你不就怕她是個道姑不能和你交朋友嗎？」

王小軍嘿然道：「你什麼時候變得這麼耿直了？」

唐思思嗤道：「本來嘛，大家都是年輕人，成就成，不成還當朋友，有什麼好遮遮掩掩的？」

王小軍碰了碰胡泰來，小聲道：「老胡，聽見沒有？」

胡泰來著慌地正襟危坐。

陳覓覓不多時換了身便裝回來，仍舊是卡通T恤牛仔褲，清爽養眼。

劉老六認真地打量了半天，擠眉弄眼地跟王小軍說：「小子，極品呀，我要是年輕二十歲……哦不，年輕十歲的話都得跟你爭一爭！」

王小軍笑道：「你剛才才教育過我們要潔身自好，保重身體，努力活成老前輩，怎麼這麼一會兒工夫就不要命了？」

劉老六不解道：「漂亮的姑娘只會讓人年輕，我怎麼不要命了？」

王小軍把拳頭在他眼前晃了晃道：「可人家姑娘是有老公的！」

劉老六諂笑道：「瞧你那個小心眼勁兒。」

陳覓覓道：「走吧，我帶你們吃飯去。」

眾人出了凌霄閣，卻見周沖和身子板直地站在門口，陳覓覓納悶道：

「你怎麼還沒走？」

周沖和施禮道：「我等著恭送師叔。」

陳覓覓無奈地翻了個白眼，衝他揮揮手算是道別，領著一行人下山去了。

一群人走到遊客穿梭的地方，唐思思好奇道：「覓覓，你要帶我們吃什麼呀？」

「吃點武當特色。」陳覓覓似乎有明確的目的地，腳步不停地走著。

王小軍見這裡正是他們第一天到武當吃飯的地方，小心道：「吃什麼都不要緊，但是有一家店一定不能……呃？」

說話間，陳覓覓走進了一家餐廳，那對慈眉善目的中年夫婦看著格外眼熟，正是坑了他們好幾百塊錢的老闆和老闆娘！

不等王小軍說什麼，那老闆娘已經誇張地招呼道：「表妹，你來啦？」

唐思思和胡泰來也是暗笑不已，陳覓覓回身一指道：「表嫂，這都是我的朋友。」

「是你？」

老闆娘和王小軍來了個大眼對小眼，王小軍忙不迭道：「今天我們不吃

魚！尤其不吃那種叫『隨便』的魚！」

陳覓覓詫異道：「你們認識啊？」

歡聲笑語中，陳覓覓讓雙方握手言和，原來這對夫妻是她的表哥和表嫂，兩口子借著陳覓覓在武當的威望開了這家店，自然對這個表妹是百般討好，王小軍和他們之間無非就是屁大點事兒，三言兩語也就化敵為友了。

表嫂哈哈笑道：「看這事兒弄的，朋友到家先讓我們坑了一道。」

表哥也表現出和他長相如出一轍的和善：「我這就將功補過，放心，我這次肯定拿出十分本事讓你們嚐嚐我的手藝！」

唐思思急忙道：「菜還是我來做吧。」她不等表哥表嫂同意，跑進廚房快手快腳地鼓搗出幾個菜，兩口子吃得都快哭了：「姑娘，你留下吧，不用你給客人們做飯，你就給我們兩口子做就行了。」

王小軍笑道：「她你們可請不起。」

陳覓覓邊吃邊驚嘆道：「思思還有這樣的手藝！」

唐思思道：「小軍說你是武當山車神，什麼時候讓我們見識見識你的車技呀？」

陳覓覓道：「那還不簡單，我今天巡山，你們就跟我去。」

眾人在這邊吃得開心無比，沒發現旁邊桌上的十來個保安自從王小軍進門後就一直對他怒目而視，為首的是正是保安隊長劉胖子和副隊長瘦子。

劉胖子在一干小弟的慫恿下，霍然起身走過來，他先衝陳覓覓抱了抱拳道：「師叔祖您好。」

陳覓覓自然認識他，點頭微笑道：「你也好，有什麼事嗎？」

劉胖子一指王小軍，怒氣填膺道：「這個人羞辱過我的兄弟們，做大哥的必須要跟他討個說法，看樣子他是師叔祖您的朋友，所以要跟您道聲得罪。」

陳覓覓撓頭道：「他怎麼羞辱你的兄弟們了？」

「呃……」劉胖子不知道該說什麼了，他那幫兄弟做事的風格他不是不知道，他在想怎麼巧妙措辭才能讓自己理直氣壯一些。

唐思思搶先道：「苦孩兒大鬧紫霄宮，王小軍為了保護真武大帝像和他動起手來，這些保安第二天不問青紅皂白，十幾個人拿著鐵棍子就要抓人，硬說是小軍把他們的人打昏的。」

陳覓覓失笑道：「竟然還有這樣的事。」

劉胖子見無法遮掩了，索性道：「有什麼誤會可以來跟我說嘛，把我兄

弟的鋼棍掰彎算怎麼回事？在武當山上豈容你撒野？你說是吧師叔祖？」劉胖子討好地說。

陳覓覓吹氣如蘭道：「滾！」

「誒，我滾。」劉胖子二話不說飛快地回到座位上。「結賬走人！」

眾人吃完飯邊散步邊往賓館走，劉老六忽對王小軍道：「小子，你來武當是為了你爺爺的事嗎？」

王小軍道：「沒錯，說確切點是為了余巴川，只要不讓他入常委，我爺爺的位置交給別人也無所謂。」

劉老六下巴衝陳覓覓揚了揚道：「那你走了以後，這丫頭怎麼辦？」

王小軍沉吟不語，唐思思笑道：「小軍這會怕是想長留在武當了吧？」

劉老六賊兮兮地道：「只要你有本事，說不定可以把小聖女帶離武當。」

胡泰來聽了道：「六爺有什麼高見？」

王小軍急忙擺手道：「這種事我自己來就行了，而且我也沒錢。」

劉老六嘆氣道：「六爺打了一輩子光棍，就這種問題上沒有發言權。」

一行人剛到賓館門口，苦孩兒就從台階上蹦下來道：「你們怎麼才回來，王小軍和覓覓快來陪我打架！」說著話就要撲上來，陳覓覓擺手道：

「你忘了老頭子說的話啦？」

苦孩兒神色一沮，立刻奔向王小軍道：「那你和我打！」

劉老六好奇道：「這位老兄是什麼情況？」

陳覓覓解釋：「這是我師父收養的孤兒，腦子有問題，只有八歲的智力，如果認真論起來，他是很多人的師兄，生平沒別的愛好，就愛和人比武。」

劉老六道：「那他為什麼不和你比？你師父說過什麼嗎？」

陳覓覓道：「我當年歲數太小，我師父怕苦孩兒沒輕沒重傷了我，所以下嚴令不許他和我動手，其實他很有分寸，從來也沒傷過我。」

劉老六嘿然道：「小丫頭很狡猾啊，你拿著雞毛當令箭，讓王小軍當你的炮灰。」

陳覓覓咯咯笑道：「他的功夫也該好好練練，根基差得很呢。」

王小軍這會兒已經和苦孩兒大戰了幾十招，好在這些天他對苦孩兒的路數也有了很大程度的瞭解，以前十招中要挨三四次打，現在十幾招才會被打中一次。

他自從瞭解了龍游道人的傳奇經歷後，對游龍勁也上了心，現在時時刻

刻地觀察著苦孩兒的出手軌跡，希望能從隻鱗片抓中體會這位世外高人的偉大之處。

胡泰來這時走到陳覓覓身前，認真抱拳道：「在下黑虎門胡泰來，想跟陳家妹子討教武當功夫。」

陳覓覓吃驚道：「老胡你這是幹什麼？」她和胡泰來一天接觸下來，知道他憨厚質樸，不知道他為什麼來這麼一齣。

胡泰來赧然道：「我這次出門，我師父交給我幾個任務，其中就包括來武當討教武功，淨禪子前輩一時見不著，跟小聖女切磋也是一樣的。」

陳覓覓無奈道：「這可真是躲得了初一躲不過十五啊，你們怎麼都那麼愛打架呢？」

胡泰來懇求道：「還請妹子不要拒絕。」

他深知小聖女和淨禪子同輩，要不是借著王小軍的便利，尋常是難以見著的，要在平日，他這樣的江湖人上武當討教功夫，人家多半會置之不理，所以他很珍惜這個機會。

陳覓覓見他患得患失唯恐自己不答應的樣子，嫣然一笑道：「好吧，那我獻醜了。」

胡泰來感動得眼淚都快掉下來了，陳覓覓大方道：「請吧。」

「多謝了！」胡泰來一拳打出，陳覓覓雙掌架了出去。

王小軍憤憤嘀咕道：「可惡的老胡，老子拿你當朋友，你卻想打我老婆！」

胡泰來聽說陳覓覓五歲跟隨龍游道人學藝，知道她必有驚人的藝業，所以這一拳用了八九分的力量，尚留了一兩成餘力是怕萬一小聖女空有其名，況且對方是個嬌滴滴的姑娘，其實他要是知道陳覓覓曾痛毆王小軍的事就明白這擔心是多餘的了……

陳覓覓手掌一撥一引化解了胡泰來的拳力，用的是極其純正的太極勁，很多人，甚至學武之人都認為太極拳是門防守的功夫，這是誤解，陳覓覓第一招只防不攻，是出於對對手的禮節，她也看出胡泰來存力不發是客氣，所以投桃報李，兩個人起手都打得十分拘謹謙和。

胡泰來自覺這一拳的力量全像石入大海，心花怒放道：「好太極拳！」他明白剛才的擔心是多餘的，這時放開手腳快速地攻了過去。

陳覓覓雙掌連動，把胡泰來拳頭上的剛力逐一揉開，黑虎拳的理念和鐵掌幫的鐵掌有幾分相似，都是力求用猛烈的進攻讓敵人無暇他顧，陳覓覓只

覺對方的拳路剛正卻不偏激，快速而不失條理，顯然是個對拳術理解極深、且有紮實功底的高手，不禁讚道：「老胡好俊的拳法呀！」

胡泰來卻不能坦然接受這個讚譽，他此刻好像在對著一團雲霧打拳，用八分力是那樣，用九分力還是那樣，全力出擊依舊得不到絲毫不同的反應，知道這是和對方尚有差距的體現，就如同他和師父過招，不管他怎麼拼盡全力，師父總是能應對自如。

胡泰來高聲道：「覓覓，你要是真瞧得起我，就別藏著掖著。」

「好，那得罪了。」陳覓覓打得興起，雙臂擺開像水波一樣蕩了過來，胡泰來拳頭迎擊而出，陳覓覓巧妙地讓過他的拳鋒，手臂一絞打亂他還擊線路，雙掌呈梯次前進，最終「啪」的一下在他胸口打了一拳，這時胡泰來空門大開，陳覓覓毫不留情地用左拳也打了他一下，只不過這兩拳都沒有發力，所以胡泰來也不覺得疼。

胡泰來臉上顏色一紅一白，他上武當跟人比武雖然想到會輸，但對方畢竟是個妙齡姑娘，所以面子上有點掛不住。

但他瞬間就醒悟，陳覓覓跟他比武全力以赴，不務虛不矯情，為的是讓他對太極拳有真正的瞭解，這比跟他敷衍半天然後笑嘻嘻地說打個平手真誠多了，他即刻停手，由衷道：「多謝！」

陳覓覓微笑道：「不謝。」兩人經此一役終於成了真正的知己好友。

這時王小軍道：「老胡你這麼快就輸了？我和她動手是三十招以後才挨的打。」

陳覓覓哈哈笑道：「你還有臉說。」

王小軍這一分神又被苦孩兒打了幾下，他愁眉苦臉道：「你們到底還有沒有人管我了？」

劉老六忽然朝苦孩兒招了招手道：「苦老弟，你過來，我要跟你切磋切磋。」

王小軍吃驚道：「你？還是算了吧——」他雖然沒見過劉老六跟人動手，但也清楚這老頭就是個靠舌頭混飯吃的老混子，他跟苦孩兒過招，非給拍死不可。

苦孩兒卻眼睛一亮，蹦到劉老六身前躍躍欲試道：「你要給我切磋什麼？是輕功還是掌法？」

劉老六掏出手機在苦孩兒面前用指頭一劃一劃道：「我先教你玩個遊戲，然後看你能不能破了我的記錄，你要是破了就算你贏。」

眾人絕倒，不想那流光溢彩的手機頓時引起了苦孩兒的興趣，他搶在手裡胡亂點了一氣才道：「你說該怎麼玩？」

劉老六教他：「看，這種圖形一樣的，兩個連在一起就消失了，你什麼時候把所有圖都消沒了，就贏一局。」

眾人再次無語——原來是「連連看」啊！

苦孩兒迫不及待地用指頭在上面連連點著，劉老六道：「嗯嗯，不錯，看來你很有天分呀。」一邊衝王小軍遞了個得意的眼色。

王小軍心服口服道：「還是六爺你老奸巨猾，這法子你是怎麼想到的啊？」

劉老六掏出根香菸插在玉石嘴上，悠悠道：「如果一個下圍棋的高手要纏著你跟他下棋，你該怎麼辦？」

王小軍道：「怎麼辦？」

劉老六瞟了他一眼道：「咱跟他下象棋！」

苦孩兒捧著手機目不轉睛，玩得整個人都像快要鑽進去似的。陳覓覓又好氣又好笑道：「不許玩的時間太長了啊。」

苦孩兒瞪了她一眼，背過身去了。

王小軍哭笑不得道：「覓覓，你掌門師兄什麼時候回來？」

陳覓覓道：「怎麼，你很急著走嗎？」

唐思思笑道：「他就是因為不想走才這麼問的吧？」

這時苦孩兒聽到「掌門」兩個字，忽然脫口而出道：「掌門就該是覓覓的！」

眾人均感莫名，一起看向陳覓覓，陳覓覓卻隨便一擺手道：「我師父在彌留之際確實說過要讓我接任掌門的話，嗨，那時候他已經糊塗了。包括游龍勁也是一樣，他神智清醒的時候特意囑咐過我，這門功夫難度大，危險性高，練了划不來，所以沒必要一定學會。」

王小軍點點頭：「難怪武當上下沒一人會這門功夫，想來是你師父無聊的時候異想天開琢磨出來自己玩的。」

陳覓覓聳了聳肩道：「只能這樣解釋了。」

玩了這半天，眾人各自回屋小憩，陳覓覓則帶著劉老六給他開了房間，只剩下王小軍一個人懶得回去，就站在苦孩兒身後看他玩遊戲。

這時，一個青年道士忽然走過來跟王小軍道：「我大師兄說，亥時初在

紫霄宮等你！」說完拔腳就走。

王小軍莫名其妙道：「你是跟我說話嗎？」

那道士無奈，只得轉回身道：「沒錯，我大師兄沖和子要在紫霄宮見你，時間在今晚亥時初，請你獨自前去。」

「亥時初是幾點啊？」

那道士卻再不多言，飛快地走掉了。

「神神叨叨的——誒誒，你先消這兩個啊。」後一句他是對苦孩兒說的。

吃過晚飯，陳覓覓看看時間道：「我該上班去了，你們誰和我走？」

唐思思和胡泰來都站起身來，王小軍惦記著和周沖和的約定，便道：「我就不去了，你們去吧。」

陳覓覓他們走後，王小軍即刻動身，從賓館到紫霄宮路可不近，白天還有大巴，晚上走夜路爬山，怎麼也得一個多小時的時間。

當王小軍汗津津地到了紫霄宮門口時，周沖和已經等在那裡了。這位武當大師兄負手而立，面容俊朗儀態溫和，他是以後執掌武當的不二人選，未來必定會是江湖上一呼百應的新生代高手和璀璨的明星。

王小軍扶著樹喘了片刻才道：「我說下次找人聊天能不能找個近點的地方，這是基本的禮節吧？你找我有什麼事？」

周沖和道：「我想討教一下王師弟的鐵掌，不知道冒不冒昧？」

王小軍直截了當道：「挺冒昧，這大熱天我不想跟人打架。」

「那還是請賞個光吧！」周沖和猱身而上，手掌直接托向王小軍的下巴。

「來硬的?!」王小軍心裡來氣，只好和他對了一掌。

一招之下他頓覺周沖和功力淳厚，這掌是硬碰硬，對方特意沒用巧勁，全憑力量輕描淡寫地接下，似乎在彰顯實力。

王小軍隱隱有些警覺，他自從拒絕了周沖和偷拍的要求後，自然明白武當派對自己沒有好感；而陳覓覓說出婚約的事情之後，他甚至覺察出周沖和對自己的敵意越來越濃，難道他想在這裡神不知鬼不覺地幹掉自己？

王小軍一邊加快招式想儘快擺脫周沖和，一邊暗暗嘀咕：「一來紫霄宮必定沒好事！」

王小軍十幾掌拍過去，周沖和盡數收納，冷不丁一回手，王小軍便被震得退了幾步，王小軍已經明顯感覺到，周沖和雖然管陳覓覓叫師叔，但功力

似乎還在她之上。轉念一想也很正常，周沖和是掌門的繼承人，資質天分自然是萬裡無一的天才，他比陳覓覓大了十幾歲，功力深厚也是應該的。

王小軍停手道：「你找我到底有什麼事？」周沖和半夜把他約到這裡應該不會是單純顯擺功夫，所以他直接問了出來。

周沖和卻淡淡道：「不急，我們再過幾招。」說著又黏了上來。

王小軍心裡納悶，卻發現對方似乎沒什麼敵意的樣子，每次有機會傷他的時候都是點到為止，如此反覆了多次，王小軍嘿然道：「原來周師兄是想讓我誇你功夫好來著？」

周沖和微微一笑，看王小軍掌到，手臂一橫一撥便把他的攻擊完全化解，順帶將他帶得一歪，接著緩緩道：「這是太極拳裡最基本的推手，練到深處也有化腐朽為神奇的功效——」他順勢在王小軍胸口拍了一下道：「這招叫樵夫指路，也是太極拳裡的功夫。」

王小軍索性躍開道：「你到底想幹什麼？」

周沖和負手道：「只要你肯答應我一個條件，我便把太極拳的精髓教給你，怎麼樣？」

王小軍哭笑不得道：「苦孩兒的事我不是已經給你們明確答覆了嗎？」

周沖和道：「我這次不是為了苦孩兒的事。」

「那是什麼？」

周沖和一字一句道：「我要你解除你和我師叔之間的婚約。」

這句話一說出來，既出王小軍的預料，同時也被他隱隱猜中，王小軍托著下巴恍然道：「原來你也喜歡覓覓！」

周沖和不置可否道：「你答應不答應？」

王小軍忽然臉紅脖子粗道：「我他媽當然不答應，你這叫什麼狗屁條件？」

周沖和道：「你知不知道武當派掌門是不能結婚的？」

王小軍一愣道：「你這話什麼意思？」

周沖和盯著王小軍的眼睛道：「只要你解除了和我師叔的婚約，我願意讓出掌門之位給她。」

王小軍打個哈哈道：「那我就更不能這麼做了，覓覓又沒入教，你一句話就想讓她當一輩子道姑，就算她當了武當掌門，跟一群老頭每天大眼對小眼打哈欠搔癢癢，很開心嗎？」

周沖和道：「那你有什麼可以給她的呢？」

王小軍想了想，攤攤手道：「目前沒有，但我們要是結了婚，我至少能給她一個孩子，嗯，說不定還是雙胞胎……」

周沖和咬牙道：「你這個無賴！」

王小軍猛地用手指著周沖和道：「少拿我這種話激我，你怎麼知道她想當掌門？人家不想要的東西硬塞給人家這才是最大的無賴，你這個要求該去和覓覓說，只要她透露出半個字說不喜歡我王小軍，我立馬就把那紙婚約當個屁，但是你跟我玩這招釜底抽薪，我可不答應。」

周沖和壓了壓怒氣道：「太極拳精義你真的不想學嗎？我可以保證，只要你跟我學上一年，除了武當七子之外，本派弟子都不會是你的對手。」

王小軍扮個鬼臉道：「覓覓是我未來的老婆，以後她會什麼功夫自然都要教給我，我們這屬於家傳！」

王小軍不是奸邪之徒，可也不是什麼正人君子，現在被人欺負到頭上，自然啥話解氣說啥。

周沖和森然道：「你真的要在武林生涯開始的時候得罪武當派嗎？」

他換了副神色，接著推心置腹道：「我還可以保證，只要你答應我的條件，以後武當就是你最有力的後援，別說阻止余巴川進入常委，就算讓你直接代替你爺爺我也盡力辦到，我特意選在紫霄宮前和你見面，就是為怕你不信，我會在真武大帝面前起誓！」

王小軍擺擺手：「我是無神論者。」

周沖和再也忍耐不住，陰沉道：「你屢次三番撕我面子，就不怕下不了武當山？」溫文爾雅的大師兄終於露出了猙獰的一面。

王小軍一驚一乍道：「難道你想殺人滅口？」

他嘴上這麼說，其實已經全神戒備，此刻夜黑風高，紫霄宮巍峨靜謐，周沖和只需把他往山下一推就萬事大吉，從此成為失足遊客一名。

周沖和凝立沉默，誰也不知道他在想什麼，更不知道他會不會在下一秒突然暴起。良久之後他才緩緩道：「你走吧，不要讓我再在武當山上看到你！」說著一轉身，落寞地漸走漸遠。

善惡一念，說不定他剛才真的已經起了殺心，但終究只留下一個恨恨的背影。

·第八章·

豬八戒再現

在凌晨寂靜的街頭，一個成年人戴著豬八戒的面具，靜靜地佇立在路口，這本來看上去就很駭人，胡泰來第一時間就想起了那日在招待所門口他們受到的追殺，此時在異鄉的街頭又遇到這個煞星，看來今日難以收場了。

王小軍長出了一口氣，他現在可以確定周沖和對陳覓覓是有意思的，但「有婚約的未婚夫」這種身分在他看來實在不怎麼實用，所以他也無法當面斥責周沖和什麼，說白了，那一紙婚約在他心裡壓根就沒有任何分量。如果周沖和剛才以公平競爭的態度跟他挑明，他可能還會高看對方一眼，正是因為這種自說自話、自以為是，反而讓他覺得他有必要把陳覓覓從武當帶走。

王小軍思緒萬千，快走到賓館的時候，發現陳覓覓和老胡唐思思也剛好回來，三人邊說邊笑，唐思思不住擠兌胡泰來道：「你說，你剛才是不是嚇得閉眼睛了？」

胡泰來囁嚅道：「我只是有點暈車罷了，你也沒好到哪裡，一路大喊大叫的。」

唐思思抓住陳覓覓的胳膊道：「覓覓，我服了你了，我還是第一次見有女孩子把車開成這樣的。」

陳覓覓只是微笑著，忽然發現了王小軍，問道：「你去哪兒了？」

「隨便轉轉。」他還沒想好要不要跟陳覓覓說周沖和的事。

陳覓覓看來今天心情大好，把拳頭往空中一揮道：「走，我請你們下山喝酒去。」

胡泰來道：「我去叫上六爺。」

「你們年輕人去吧，六爺上歲數嗨不起來了。」劉老六應聲從賓館裡走了出來。

王小軍道：「這可不像你的作風啊，有免費的酒喝你還不去？」

劉老六擠眉弄眼道：「跟著倆小妞能喝個什麼酒啊？」

胡泰來不明所以道：「您想喝什麼酒？」

王小軍嘿嘿笑道：「他是想喝『花』酒——沒想到你是這樣的人，劉老六。」

唐思思察言觀色，雖然不知道「花」酒到底是什麼酒，不過大體推斷出一定不是什麼好酒；胡泰來出於男人的本能也秒懂，臉色一紅不說話了。

陳覓覓左右環視一圈道：「六爺，苦孩兒呢？」

劉老六兩手一攤道：「拿了我的電話也不知上哪兒玩去了。」

「沒電了他就會回來的。」陳覓覓攬住劉老六的肩膀低笑道：「六爺想喝那種酒，你下回來武當我找人招待你，這次因為思思姐的關係就不好意思啦。」

劉老六的臉電光火石地紅了一下，嘿嘿笑道：「哪種酒啊，我老人家可聽不懂了。」在小聖女面前，老傢伙終於還是有點害羞了。

四個年輕人一路歡聲笑語下了武當山，來到一家規模不小的酒吧，平時是有駐唱歌手的那種，正當中有一個小臺子，下面是散座，今天也不知為什麼沒有歌手，臺子後面的大螢幕正在無聲地播放著廣告，整個酒吧裡瀰漫著輕音樂，幾個人一看環境不錯，就挑了中間一張桌子坐了下來。

服務生拿著酒水單上來，陳覓覓點了幾個果盤小吃，先要了一打啤酒。

王小軍自下山後就心事重重，陳覓覓見狀道：「王小軍，你發什麼愣呢？」

王小軍不想在這時掃大家的興，隨口道：「你平時都不來酒吧的嗎？」

陳覓覓笑道：「跟誰喝呢？我師兄都六七十了，我師侄們歲數也跟我爸差不多，再小一輩的見了我都喊師叔祖，明月和靜靜就算是比較跳脫的了，可我總不能領倆小道姑來喝酒吧？」

王小軍聽了道：「她們倆年紀那麼小，不上學嗎？」

陳覓覓道：「要上的，不過她們兩個都是孤兒，不到十歲就被武當領養回來，平時就在山下的學校上學，假日回山習武。學功夫講究童子功，但現在的孩子都是爸媽的心肝寶貝，誰肯把孩子送到山上受苦？很多名門大派想繼承衣缽，都得靠這種法子從小培養，以前是徒弟找老師，現在是老師找徒弟，武林漸漸式微跟這種難以為繼的傳承很有關係——這些都是我師兄總結出來的。」

胡泰來感觸道：「沒錯，有些家學淵源的又未必肯學武，這就雪上加霜了。」

王小軍本來一直點頭附和，這時猛地反應過來：「誒，你是說我嗎？」

胡泰來笑道：「幹嘛對號入座啊。」

陳覓覓道：「小軍，你功夫倒是不差，可是根基不足，這是怎麼回事？」

唐思思道：「能足嗎？他滿打滿算也就練了半個月的功。」

陳覓覓驚訝道：「什麼？」

王小軍白了唐思思一眼道：「你這麼說就不對了，我小時候每個月總還是要練個三兩天的。」

陳覓覓愈發吃驚道：「這麼少？我以為你起碼得有五六年的苦功，這麼說你還是個天才啊。」

王小軍得意洋洋道：「奇遇而已，我也是硬生生被逼成了高手。」

陳覓覓笑道：「誰能把你逼成這樣，我倒是也想試試。」

王小軍嘆氣道：「這就得從我遇到兩個喪門星開始說起了……」

胡泰來和唐思思相視一笑，知道這是在說自己呢。

這時啤酒來了，王小軍拿起一瓶用大拇指頂開瓶蓋，喝了一大口，開始講述自己和胡泰來還有唐思思相遇之後的事情，又把青城派如何派人上門挑戰，胡泰來怎麼中毒，以及上峨眉學纏絲手的經歷都講了一遍，其中好多事情自然是加油添醋，平平無奇的一件事也被他給說得電閃雷鳴、壯懷激烈。

陳覓覓在胡唐二人的輔助敘述下基本復原了事情的整個經過，她拿著酒瓶和王小軍碰了一下，半開玩笑半認真道：「王大俠，請問你是如何堅持下來那三天的？」

王小軍一揮手道：「我哪懂什麼堅持，全靠死撐。」

另外三個人一頓，接著一起笑起來，四瓶啤酒碰在一起，氣氛瞬間就嗨了起來。

陳覓覓道：「所以說到底，你上武當主要還是為了對付余巴川？」

王小軍點點頭：「我爺爺主席的位子我才不在乎，但既然余巴川在乎，我就不能讓他得逞。」

陳覓覓嗯了聲道：「我要是你，也會這麼做。」

唐思思在一旁道：「覓覓，你是武協的會員嗎？」

陳覓覓道：「我十六歲就加入武協了，不過只掛了個名，開會什麼的一概沒參加過，我師兄把我名字報上去，也只是口頭知會我一聲，告訴了我幾條武協的規矩。」

唐思思道：「加入武協到底有什麼好處呀？」

陳覓覓道：「也沒什麼好，反而多了些拘束，會員之間不得惡意攻擊，日常生活中不得隨意動用武功，也就是說，路見不平要有選擇地拔刀相助，比如兩夥人打架，你可不能看哪一夥順眼就上去幫忙，除非是有歹徒行凶快要鬧出人命了，才允許『見機行事』，想出次手，要應對的流程可多了。」

唐思思托著下巴道：「果然是一點好處也沒有，不明白為什麼那麼多人打破腦袋想進武協。」她喃喃道：「會員之間不得相互攻擊，可我就算進了武協，真的能讓爺爺改變主意嗎？」說著把瓶裡的酒一飲而盡。

胡泰來和王小軍相顧愕然。

陳覓覓看著她道：「思思，聽說你也是有故事的人呀。」

唐思思神色黯然道：「我那叫什麼故事，我那是事故，我爺爺要把我嫁給暴發戶的兒子。」

「那你打算怎麼辦呢？」陳覓覓開門見山地問。

唐思思苦笑道：「還能怎麼辦，我想過了，人怎麼活都是一輩子，我已經答應和曾玉先交往了。」

王小軍和胡泰來大吃一驚，同時問：「什麼時候？」

唐思思又開了瓶啤酒，喝了一大口道：「你們還記得楚中石那夜偷上峨眉，我讓他帶句話給別人嗎？」

胡泰來僵硬著，王小軍點頭道：「你繼續說。」

唐思思道：「我就是讓他給曾玉帶話——你們知道蜀中實業是誰家的公司嗎？」

王小軍道：「曾玉家的？」

「沒錯。」唐思思道：「江輕霞有塊地要做商場，蜀中實業本來是她最合適的投資商，就是因為青城派作梗，曾玉家裡才反悔的，我讓楚中石帶給他的話，大意就是只要他能說動曾家繼續給江輕霞投資，我就和他交往。」

王小軍握緊拳頭道：「思思，這是我們鐵掌幫……哦不，是我王小軍個人和青城派的恩怨，你何必作踐你自己呢？」

唐思思搖頭道：「我不是為了你，你沒聽說嗎，就算沒有你，青城四秀也是準備抓我去要脅我爺爺和他們結盟的，他們青城派既然要逼唐門站隊，那我就替他們『出一把力』，順便實現個人利益最大化。人不就是這麼回事嗎？我之所以從我二哥眼皮子下逃走，就是為了再和你們待幾天……」

她流著眼淚說著，顯然是有點醉了。

胡泰來伸手去搶她的啤酒道：「別喝了。」

陳覓覓勸道：「你讓她喝吧。」

唐思思起身擦著眼睛道：「我去下洗手間。」

唐思思走後，王小軍神色凝重道：「要不是喝醉了，這些事她都不會告訴我們，老胡，生死存亡之秋了，你打算怎麼辦？」

胡泰來雙眉緊皺，忽然問王小軍：「投資江輕霞那塊地需要多少錢？」

「你問這個幹什麼？」

胡泰來道：「我看能不能想法子把錢還給曾玉。」

王小軍嘆了口氣道：「我看少說得幾億……」

胡泰來目光灼灼，看樣子是真的在想辦法。

陳覓覓向王小軍遞了個疑問的眼神，王小軍哭笑不得道：「你不會還沒看出來吧——老胡喜歡思思啊！」

陳覓覓一拍桌子：「那還管錢幹什麼，先把人搶回來啊！」

王小軍茅塞頓開道：「對！先把人搶回來，錢的事再說！大不了咱哥倆……」王小軍想了半天也想不出幹什麼能賺幾億，索性道：「管他那麼多呢！」

胡泰來緩緩點頭，一字一句道：「好，我明天就跟思思表白！」

陳覓覓咬牙切齒道：「還等明天幹什麼呀，一會兒她回來就說！」

胡泰來慎重地道：「明天我要認認真真地和她說，今天喝酒了，我不想讓她以為我是在說醉話。」

王小軍一拍大腿道：「好，這是我認識你以來，你說過最爺們的一句話了。」

唐思思從洗手間回來後已經看不出哭過的樣子了，這個女孩遠比一般人想像得堅強，卻在今夜終於還是倒在了最後一根稻草上。

其實也難怪，王小軍和胡泰來這一路雖說艱難，但他們的敵人也只有一個余巴川而已，唐思思卻要時刻承受著來自家庭的巨大壓力，兩個哥哥不遠千里地追殺要抓她回去，和爺爺、伯父以及父母的冷戰，一個不到二十歲的女孩，出走那麼長時間硬是連一通家裡的電話也沒接到，要換平常人可能早就受不了了。

唐思思尷尬一笑道：「讓大家掃興了。」

王小軍使勁擺手：「沒有沒有，說得挺好，明天會有人給你驚喜的。」

唐思思剛想發問，王小軍已經打岔道：「咱們聊點輕鬆的話題吧——覓覓，你以後有什麼打算？」

陳覓覓笑道：「你這個問題一點也不輕鬆好吧！大家不是都在說嗎，現在的九〇後沒有人生目標。其實我真沒什麼目標，在山上開車挺好的。」

王小軍道：「我要是不來……」他說到這忽然恍惚起來，因為他發現自己也不知道自己想說什麼了。

陳覓覓也沒來由地有些尷尬，她看酒不多了，剛要伸手叫服務生，冷不丁被一陣喝彩聲打斷了，酒吧正中的螢幕上有兩支球隊開始入場，酒吧兩邊不知不覺地已經坐滿了人，怪不得今天沒有駐唱歌手演出，看樣子是有場重要的球賽要開賽，今天的主題就是足球之夜。

陳覓覓道：「是皇家馬德里對巴薩隆納！是這輪西班牙甲組聯賽最重要的一場比賽。」她鄙夷地看了看兩個男的道：「你們都不看球的嗎？」

王小軍和胡泰來面面相覷，這時球賽正式開始，解說員語速逐漸加快，

開始為氣氛推波助瀾，酒吧兩邊的球迷們開始吶喊。這種情況下已經無法正常聊天了，陳覓覓徵求王小軍的意見：「要不要換個地方？」

王小軍道：「沒事，我們也學習學習。」雖然不是球迷，但出於好奇，他也想知道誰能贏。

比賽很快過了相對沉悶的二十分鐘，之後場上的火藥味逐漸濃了起來，在關鍵時刻，巴薩的蘇亞雷斯從希羅斜後方殺到，橫過身子一個飛鏟，希羅被鏟飛出去，球也滾出了邊線。

這一來酒吧裡的皇馬球迷都不幹了，而場上的裁判卻沒有掏牌，只是對蘇亞雷斯進行了口頭警告，鏡頭給到剛爬起來的希羅，他張開雙臂爆叫著表示抗議，巴薩的球迷這下可樂了，他們幸災樂禍地吹起了怪聲怪氣的喇叭，有的還故意舉起酒杯遙敬對方。

「嗖——」也許是忍無可忍，從皇馬陣營裡飛出一個空瓶子砸向對面，戰爭果然在瞬間就爆發了，兩邊酒瓶子有如戰火紛飛歲月裡的炮彈一樣往來反覆，接連不斷，胡泰來把唐思思護在身後。

陳覓覓本來是想跟王小軍商量要撤出戰場的，這時索性展開太極神功，把凡是能輕鬆拿到的酒全探下來；胡泰來和王小軍也沒閒著，三個人一起動手，就像一張無形的網，把過往的大部分瓶子都攔截了下來。

當兩邊都沒東西可扔的時候，保安和派出所的員警終於也趕到了。老闆氣咻咻地衝眾人一揮手：「都給我結賬！」雙方的球迷乖乖地排隊結賬，臨走時，眼睜睜地看著自己花錢買的酒都整整齊齊地擺放在中間那張桌子上。

當球迷們散盡後，員警看著王小軍他們那滿滿一大桌子酒，猶疑道：「這幾個是怎麼回事？別人都打仗，這幾個是軍火商？」

王小軍笑嘻嘻道：「我們是維安部隊。」

服務生帶著驚恐的神色跟老闆解釋著，老闆瞪大了眼睛。

王小軍道：「除了我們要的一打啤酒，剩下這些你可不能跟我們要錢，這都是我們冒著生命危險『抓』來的。」

老闆嘆了口氣：「算了，你們還省了我不少刷牆的錢，今天給你們免費。」

陳覓覓哈哈笑道：「謝謝，我們喝不了的會還給你的。」

老闆眼淚都快流下來了，忙喊：「服務生，給這桌再來倆果盤！」

四個人出酒吧時，街上已經一個人也沒有了。陳覓覓一隻手搭在王小軍肩上，另一隻手拽著唐思思，嘿嘿傻笑道：「咱們酒量可真不行，四個人一打啤酒就喝成這樣了。」

王小軍也莫名其妙地哈哈笑著，然後他就看見小街盡頭站著一個頭戴豬八戒面具的人。

「老胡，你帶著思思和覓覓先走……」王小軍不笑了，語氣急促道。

胡泰來東張西望道：「怎麼了？」接著他也發現了豬八戒，身子一僵，小聲道：「思思，你和覓覓先走。」

在凌晨寂靜的街頭，一個成年人戴著豬八戒的面具，靜靜地佇立在路口，這本來看上去就很駭人，而且王小軍他們還吃過豬八戒的苦頭，胡泰來幾乎也是第一時間就想起了那日在招待所門口他們受到的追殺，此時在異鄉的街頭又遇到這個煞星，看來今日難以收場了。

唐思思見眾人停步不前，茫然道：「怎麼不走了？」

陳覓覓反而有點清醒了，面具人站在那裡，渾身散發著強烈的、危險的氣場，唐思思感覺不到，但陳覓覓是內家拳高手，馬上就意識到了問題所在。

「王小軍，這人是衝你來的？」陳覓覓小聲道。

王小軍目不轉睛地盯著豬八戒道：「你們先走，我跟他有得打了！」

陳覓覓道：「你應該不是他的對手。」

她一鬆手，唐思思滑到了地上，當她看清來人後，酒也醒了一半，悚然道：「豬八戒——小軍快跑！」

這時豬八戒說話了，他用低沉的聲音道：「我是來找王小軍的，跟其他人沒有關係。」

胡泰來擋在王小軍身前道：「你找他到底幹什麼？」

豬八戒沉默片刻，最終道：「不用跟你解釋。」

唐思思扶著牆爬起來，把手伸進包裡道：「我們有四個人，你未必打得過我們。」

豬八戒肩膀一抖，似乎是冷笑了一下。

這時街口又走出一人，消瘦身材，戴深度近視眼鏡，正是唐門第一高手唐傲。

他和豬八戒並肩而立，淡淡道：「你找你要的人，我找我要的人。」豬八戒不置可否。

唐思思驚詫道：「二哥？」

唐傲道：「三妹，你該跟我回去了。」

唐思思帶著哭音道：「二哥，你一定要抓我回去嗎？」

唐傲面無表情道：「我還是那句話，逃跑不能解決你的問題，你遲早要回去面對爺爺。」

胡泰來雙目盡赤，厲聲道：「思思絕不能跟你回去！」

唐傲不看他，淡淡對唐思思道：「三妹，你的朋友麻煩夠多的了，你何必再給他們增加一個強敵？」

他手間一動，已經多了一顆精緻的銀色圓球，正是江湖上人人聞之色變的散花天女。

唐思思神色淒婉對胡泰來道：「老胡，我總之是要回去的，你們不用管我了。」她慢慢走向唐傲，忽然回頭道：「以後歡迎你們到四川來玩。」

她的表情裡分明帶著無限的眷戀，隨後義無反顧地向唐傲走去。

「站住！」陳覓覓柳眉倒豎喝了一聲，王小軍急忙下意識地把她拉在身後，他拔腳去追唐思思，豬八戒卻擋住了他的去路。

唐傲任由唐思思走到自己身後，對豬八戒的背影淡淡道：「多謝。」這才轉身跟著唐思思漸走漸遠。

這時胡泰來用低低的聲音在王小軍耳邊道：「先合力打倒豬八戒，然後再追唐傲！」他一句話沒說完已經撲向了豬八戒。

胡泰來是個直性子，直性子有直性子的做事宗旨，他知道唐思思跟唐傲走至少沒有危險，所以決定先幫王小軍料理了強敵，再去追心愛的女人。

豬八戒一愣神的工夫，胡泰來的拳頭已經直奔他的鼻梁而來，拳頭上掛著隱隱的雷霆之聲，豬八戒微覺意外。他用心留意過胡泰來和唐思思，結論是唐思思不足為道，而胡泰來在真正的高手面前也不過是剛剛登堂入室而已，沒想到這麼短的時間裡，他的拳法精進了不少。

最讓豬八戒沒想到的是：他壓根沒料到胡泰來敢對他出手！在他看來，老胡和王小軍認識才不過個把月，交情再深值得為對方拼命嗎？

豬八戒自然就是王靜湖，他在招待所錯失了抓住王小軍的機會後，一路跟到了四川，但讓他失算的是，作為武協的成員和鐵掌幫的二號人物，他剛下飛機就被當地民武部的人盯上了，他幾次三番潛入峨眉山想偷偷對王小軍下手，無奈身後跟著尾巴不便行動，終於有一天，對方換了一個功夫相對較弱的人替班被他甩脫，那天正好是王小軍和余巴川決鬥的日子。

眼看著兒子驚險不斷，他早把原來的目的拋在了九霄雲外，可他當時又

不好現身，只好潛伏在旁邊的樹林裡等待機會。也是運氣所至，王小軍和余巴川鬥到樹林裡，王靜湖用隔山打牛氣助了兒子一臂之力，是以在最關鍵的時刻，余巴川身子失控彈起，被王小軍擊傷。

其實余巴川輸得十分冤枉，如果不進樹林，王靜湖也是一籌莫展，一來隔山打牛氣不能及遠，二來，王小軍和余巴川一開始在青石路上打鬥，氣功是很難被傳送出去的，後來二人到了泥土地上才給了王靜湖可趁之機，余巴川中招之後，心裡明白附近必有鐵掌幫的高手，這才在逃跑之時說「王家人很好」，說到底他怕的不是王小軍，而是「王家人」。

王靜湖一心念及要廢掉王小軍的武功，是因為他已深受鐵掌的反噬之苦，而且發病越來越頻繁，如果不是這樣的話，他本來有很多次機會可以下手，如今他看王小軍鐵掌越練深，內心的憂慮也越強，他這時只求快些廢掉王小軍的功夫，所謂長痛不如短痛，所以胡泰來替王小軍強出頭他又急又氣，又有點哭笑不得，心裡也有點佩服胡泰來，對方不是沒見過自己出手的威力，居然還肯為朋友拼命。

王靜湖伸掌抓住胡泰來右拳，準備把他摜個跟頭，胡泰來只覺右拳就像扎進了岩石一般，想也不想地擊出左拳，王靜湖將他身子一提，以他的經驗和功力，心知這一提必然能把對方的下一招攻擊巧妙化解，胡泰來卻拼著右臂折斷的風險猛進一步，左拳眼看就要狠狠打中王靜湖的胸口！

這一招凶狠無比，但卻不能說全是蠻幹，胡泰來早就打定了主意，要在三招之內就得手，自己受多重的傷都不重要，只要傷到對方就是勝利，就能給王小軍打下良好的開端，這一招可說既有壯士斷腕的悲壯，也有事無巨細的計算，實在是胡泰來全身功力之所聚！

王靜湖一驚，他當然不想真的傷到胡泰來，但對方剛烈的左拳又不能不防，當下他斷喝一聲，雙掌拍出兩道山呼海嘯的力量，這兩股力量從王靜湖的雙臂裡直接攢入胡泰來的雙臂，剛猛而迴旋不止，瞬間把胡泰來的奇經八脈和身前十幾個穴道封死而又不令其受傷。

這一招同樣是王靜湖全身功力之所聚，胡泰來的想法和招式都是有效的，無奈在功力上差得太多，就像一個兩三歲的孩子想跟大人拼命也無從拼起。胡泰來身子直飛出去跌在路邊，身體一動也不能動，甚至連話也說不出半句。

這一切都發生在片刻之間，王小軍剛想出手，胡泰來就被打飛出去，王小軍見胡泰來全無了聲息，有那麼一瞬間甚至以為他死了，二話不所咬緊牙

齒雙掌齊發，王靜湖這時力求速戰速決，於是和他四掌相對。

王小軍接連後退，王靜湖卻露出駭然之色，上次他和王小軍對過一掌，那時他掌力剛猛卻空曠，就跟尋常莽漢發力打人一樣，如今他的掌力裡絲絲結結沉鬱婉轉，這是有了內力的表現！王靜湖一愣，也不知是該欣慰還是該辛酸。

王小軍在峨眉派學了纏絲手，王靜湖是知道的，但在他眼裡，纏絲手無非就是小孩子在自己的木刀木劍上多綁個劍穗一樣不值一提，鐵掌練到更高境界自然會由剛轉柔，但他沒想到的是，纏絲手居然打通了王小軍胳膊上的經脈，從而使他有了內力，這卻也是王靜湖最怕的。

鐵掌幫的缺陷就是因為內功外功不能協調導致，以前王小軍空有剛猛的外功，想要根除他的隱患，無非就是毀傷他胳膊裡的幾條肌腱使他不能用力，那點弱弱的內力會隨之逐漸消失，可如今王小軍已經把它們注入丹田而且能靈活調用，這事就變得棘手多了。

王靜湖糾結痛心，只是戴著面具的臉顯得無動於衷，可王小軍此刻早把他當成了仇人，雙掌翻飛瞬間就攻了十幾招，不過這對王靜湖來說自然不在話下，他已在心裡盤算好了，大約二十招後能徹底制住王小軍，然後再看用什麼辦法擊毀他的丹田。

他心裡鬱悶至極，轉化到招數上也變得更為凌厲。

這當口陳覓覓查看了一下胡泰來的傷勢，隨即找個機會，雙手一引分擔了王靜湖一半的攻擊，她安之若素地對王小軍說：「老胡好像沒有大礙。」

王小軍吃驚道：「你怎麼還沒走？」

陳覓覓道：「我和你合夥鬥他！」

王小軍苦著臉道：「咱倆合夥也打不過他——你還是趕緊回武當搬救兵吧。」他這麼說，其實是變著法的讓陳覓覓逃走。

陳覓覓卻直接忽略了他後面的話道：「那也要打！」

王靜湖暗暗稱奇，從陳覓覓頭兩招中，他已看出她用的是武當派的太極拳，於是自以為是的認為她是個仗著會幾手功夫不知天高地厚的小丫頭，不料發現對方法度森嚴，攻守得當，儼然是名家風範，自己久不在江湖走動，竟不知武當派裡出了一名這樣的少年高手。

武當山上高手如雲，王靜湖雖然不怕他們，可為了不引起不必要的麻煩一直在山下守著，所以他不知道和他動手的就是武當小聖女；再則，小聖女的名頭大也全是因為輩分，江湖人往往把這個噱頭當成奇聞異事在茶餘飯後

閒聊，卻是誰也不知道小聖女武功到底如何。

王小軍和陳覓覓二人合鬥王靜湖，二十招之內竟然沒給後者任何可趁之機，王小軍心裡其實是沒底的，他親眼見大師兄敗給過眼前這人，潛意識裡把這當成了一場必輸的戰鬥，他這會兒抱著的想法就是多耗費對方幾分力氣，到最後關頭好掩護陳覓覓逃走。

而陳覓覓打得按部就班，每每見王小軍應付不了的局面，便施展出太極柔手來化解，兩人在前期可說互相照拂多於合作，但漸漸心意相通，王小軍不再冒進，陳覓覓見縫插針，二人珠聯璧合，剛柔並濟，居然又扛過去二十多招。

王靜湖一直穩穩佔據著上風但得不到戰果，有幾次機會雖然善加利用的話，有可能能將二人其一傷於掌底，可這又非他初衷，不禁焦躁道：「小丫頭，很多事你不懂就不要胡亂插手，我不傷你，不代表傷不了你！」

陳覓覓情知他說的沒錯，於是緘口不言。

這時王小軍卻再也忍不住道：「豬八戒老兄，你老纏著我到底想幹什麼？我是把你兒子扔井裡了嗎？」

王靜湖一頓，沉聲道：「你讓我廢了你的武功，原因我以後再跟你講。」

王小軍乾脆道：「不行！」

王靜湖道：「為什麼？」

王小軍好笑道：「哪有為什麼，我平白無故地打你一頓，你答應不答應？」

王靜湖嘆了口氣，深知自己這個兒子油嘴滑舌，性子跳脫，而他卻是沉忍內斂的人，所以父子倆一向交流不多，王靜湖是個不善也不屑維持各種關係的人，簡言之就是情商很低，所以在廢掉王小軍武功這件事上，他選擇蒙著臉硬幹，就是因為他不知道該怎麼跟兒子說，這時就更懶得多說，只是加緊催動掌力。

在壓力驟增之下，王小軍一不留神肩頭被掃了一下，他一溜踉蹌著退出去，王靜湖趁機去拿他的胸口，陳覓覓大驚，手腕巧妙一勾，搶先拿住了王靜湖的右肘，王靜湖渾不在意地一揮手想把她震開，但他忘了武當派功夫的精義就是借力打力，陳覓覓雙臂轉圜，反而愈發地把他的整條右臂都鎖死了！

王小軍這時也紅了眼，飛身向前，右掌狠命拍向王靜湖的心窩，王靜湖頓覺驚詫，沉聲道：「放手！」說話間，王小軍的掌已到，王靜湖用左掌將

他推開，右臂加力撞向陳覓覓，陳覓覓也不硬扛，隨著王靜湖的勁力運轉隨形，不但沒有被撞開，而且如絲如藤攀附得更緊了。

王小軍再次沒命似的衝上來，王靜湖想再舉左掌，不料陳覓覓太極勁侵入，王靜湖半個身子都被帶帶得麻酥酥的，他臉色一寒，全身功力齊聚於右臂一點，寸勁寸發地撞在陳覓覓身上，陳覓覓瞬間臉色慘白狠狠跌了出去，接著噴出一口血來。

「王八蛋，老子跟你拼了！」王小軍怒吼一聲，雙掌齊到。

王靜湖在片刻間有些恍惚，一是因為大概從沒有人被兒子這麼罵過，二是因為他的痼疾又發作了！他沒再做任何停留，拔身而起上了牆頭。

王小軍雙掌拍空，怒指道：「你給老子下來！」

王靜湖只覺雙手以及全身都開始微微抽搐，這次沒有抓住王小軍反而重傷了一個小姑娘，他心中的懊惱實難言喻，但當時他如果不出重手彈開陳覓覓，加上王小軍的夾擊，他很可能會很難堪，要是平時或許還有別的途徑擺脫，偏生舊病發作動作失控，不過說到底，陳覓覓受傷反而是因為她武功太高，搞得王靜湖掣肘束手，這才失了分寸。

王靜湖惱怒地一掌打踏牆頭，接著飛身而去。

陳覓覓緩緩坐倒在地上，王小軍的心也一個勁地往下沉，他飛奔到陳覓覓身邊想扶又不敢，陳覓覓擺了擺手虛弱道：「我還好，你去看看老胡怎麼樣了？」

這時胡泰來已經慢慢爬起，他邁步就走，王小軍以為他是重傷糊塗了，問道：「老胡你去哪兒？」

「我去把思思找回來！」

胡泰來越走越快，他只是穴道被封，這時漸漸紓解開來，反而沒受什麼傷。

王小軍惶急道：「你去哪兒找？」

胡泰來回頭道：「這麼晚了，他們不是坐火車就是坐明天的飛機，我總能找得到的……你快送覓覓回去吧。」

王小軍看出他去意已決，咬了咬牙道：「好，我把覓覓送回武當就去找你！」

胡泰來點點頭，一言不發地走了。

陳覓覓喘息了片刻，抓著王小軍的手站起來，咳嗽著問：「小軍，剛才那人和你什麼關係？」

王小軍詫異道：「我壓根就不認識他，為什麼這麼問？」

陳覓覓道：「他的武功路數跟你很像。」

「是嗎……」王小軍現在完全沒心思去考慮這個問題，「咱們還是去醫院吧！」

陳覓覓搖頭道：「十天半個月內不和人動手也就沒事了，那個蒙面人的目標是你，你……咳咳，你還是跟我回武當避避風頭。」

王小軍道：「那老胡怎麼辦？」

陳覓覓道：「唐傲的大名我也聽過，你和老胡加起來未必是他的對手，等我好了，咳咳，咱們一起去唐門找他的晦氣，咱們三個加起來，咳咳，就差不多了。」

王小軍道：「那老胡現在怎麼辦？」

「我看他多半找不到唐傲，就算找到了，有思思在，他無非是給揍一頓，也好過什麼都不做乾著急。」

王小軍無語，他發現這姑娘的想法境界都高人一等，或者說跟她的外表一樣格外出塵。但他也悄悄打定主意，送覓覓回山後他就去幫胡泰來，周沖和視他為眼中釘，他可不願意受武當派的庇護。

二人走到山下，王小軍無意中就發現夜色中，武當山山頂上有股又細又直的白煙飛上天際，他雖然心事重重，也忍不住道：「這是誰在燒高香呢？」

陳覓覓抬頭一看，臉色凝重道：「這是派內有大事發生的信號，快帶我上山！」

·第九章·

下一個誰來？

他一掌拍中道明的胸口，明顯地感覺到對方的肋骨斷了幾根，接著整個人都消失了——道明被他拍到了涼亭下面。

「嗶——」台下眾人嘩然。

王小軍知道這是游龍勁幫了自己的忙，他整理整理衣服，面向台下道：「下一個誰來？」

王小軍攙扶著陳覓覓剛上山不久，就見山腰上有人在用手電筒，開始是幾道光束，後來光束越來越多，說明武當派的人漸漸聚攏。

「你們武當上次點煙是什麼時候的事？」王小軍忍不住問陳覓覓。

「我師父仙逝時。」陳覓覓道。

二人往上走不久，就聽山石後有人厲聲喝道：「什麼人？」說著一個青年道士蹦了出來。

陳覓覓瞪了一眼道：「是我。」

那青年道士一愣之後道：「原來是師叔……」他表情訕訕的，似乎是有點不知所措。

「出什麼事了？」陳覓覓問。

「這個……」那道士遲疑片刻終道：「我也不知，師叔上山自然就知道了。」

陳覓覓見他說話不盡不實，更擔心山上出了什麼變故，在王小軍的攙扶下加快步伐。

二人又往上走了不久，眼見再過一個拐角就到了光束集中的地方，陳覓覓憂心道：「那裡是我掌門師兄的住處。」

王小軍道：「你師兄不是不在山上嗎？」

陳覓覓顧不上多說，兩人過了轉角，王小軍只覺豁然開朗，原來這裡有座高大的亭子，亭子邊是一間斗室，看樣子就是淨禪子的住處了。

這時亭子四周已經圍滿了人，劉平、周沖和、淨塵子等人都在其列，眾人見陳覓覓出現，一起把目光集中在她身上，只是目光裡帶著各種猜疑、揣測甚至是不善。

明月和靜靜一個勁衝陳覓覓眨眼，似乎在傳遞著什麼訊息，陳覓覓莫名其妙道：「這裡出什麼事了？」

不等有人說話，王小軍先大吃一驚，原來就在亭子角落上，苦孩兒身陷一張漁網中，他四肢全被漁網束縛不能動彈，漁網的四個角被四個青年道士分別提起，老頭身子凌空，鼻涕眼淚一大把，說到底他只有八歲孩子的智力，這會兒連驚嚇帶委屈，正在不停抽噎。

王小軍二話不說就要衝上去解開漁網，剛往前一湊，旁邊立刻躍出兩名道士，他們分襲王小軍左右，出手凌厲且老到，王小軍雙掌全被架空，胸口狠狠吃了一記，不由自主地倒退出老遠，看來出手的兩名道士全是派內精英。

「苦孩兒？」陳覓覓吃驚地叫了聲，然後穩住情緒問周沖和道：「是他又惹什麼禍了嗎？」

淨塵子幸災樂禍道：「你問他自己。」

陳覓覓臉色一寒，喝道：「我就問你們！」說著，她阻止了想再次衝上去的王小軍。

苦孩兒多年來都是武當的心病，但是只要不太過分，也沒人跟他較真，這次勞師動眾肯定是原因的，她要先弄清情況再說。

周沖和走上前，仍是先恭恭敬敬道：「師叔好。」

陳覓覓不耐煩道：「我問你話呢。」

周沖和這才道：「是這樣，苦孩兒深夜閒遊至掌門室附近，遭到我派弟子的呵斥，然後雙方發生了衝突，他衝破防陣闖進鳳儀亭……」

王小軍忍不住道：「他就是一個瘋子，又不會傷人，你也說了，他是閒逛到附近，你們就當沒看見他就是了，呵斥他幹什麼，這不是沒事找事嗎？」

周沖和頓了頓，然後道：「師叔，你也知道鳳儀亭上那件東西的重要吧？」

陳覓覓臉色一變道：「不會是……」

看來所謂鳳儀亭就是掌門室旁邊的這個亭子，這亭子建得十分奇怪，在一個石台上高高地立起四根粗大光滑的柱子，高達十五六米，亭子內空蕩蕩沒有任何護欄和擺設，與其說它是一個亭子，倒不如說就是四根柱子上蓋了個頂子。

王小軍直接問：「這破亭子上能有什麼寶貝？」

劉平道：「我們武當派的鎮派之寶真武劍就藏在鳳儀亭內頂之上，真武劍是張三豐祖師用過的寶劍，一直以來也是我們武當掌門的印信，它多年來就一直擱置在鳳儀亭內，平時由本派弟子看守，苦孩兒在別處搗亂也就罷了，涉及到真武劍，自然要加倍小心，所以弟子們才會阻止他在附近閒逛。」

王小軍摳著嘴角道：「切，這麼寶貝的東西你們倒是鎖在保險櫃裡啊，放在涼亭上算怎麼回事？這不是招賊引賊嗎？」

淨塵子冷笑道：「家賊難防！」

陳覓覓高聲道：「真武劍現在在哪兒？」

周沖和道：「回師叔，真武劍不見了。」

陳覓覓吃驚道：「你們懷疑是苦孩兒偷走的？」她立刻轉頭問道：「苦孩兒，真武劍是你拿的嗎？」

苦孩兒哭喊道：「沒有，不是我。」

王小軍攤手道：「看，真相大白了吧，他說不是他。」

淨塵子冷笑一聲。

王小軍道：「你冷笑是什麼意思，苦孩兒只有八歲的智力，他會騙你們嗎？」

淨塵子道：「小孩子三歲就會騙人了，這是天性！」

陳覓覓衝王小軍微微搖頭，事關重大，靠胡攪蠻纏是混不過的。她對劉平道：「劉師兄，你們覺得苦孩兒偷了真武劍有什麼證據嗎？」

劉平道：「真武劍的所在位置知道的人並不多，有這個本事能拿到的就更少，苦孩兒近幾日總在鳳儀亭附近轉悠，顯然是早動了心思，今天他更是已經躥上了內頂，引發了上面的機關才被抓住，你說不是他，有人信嗎？」

王小軍反問道：「那劍在哪兒呢？」

苦孩兒被漁網緊緊綁著，顯然身上沒有任何東西，但是他自己也很猶豫，鳳儀亭這麼高，別說尋常人，就是輕功不高都上不去，武當派把鎮派之寶放在這裡不是沒有道理的，依著苦孩兒的性格，為了好玩很可能會冒險一試。

陳覓覓向苦孩兒走了幾步，那四名提著網子的弟子馬上露出了警戒的神色，陳覓覓道：「苦孩兒，你實話實說，真武劍是不是你拿的？」

苦孩兒大聲道：「不是我！」

陳覓覓對劉平道：「我相信他，你們先把他放了再說。」

淨塵子道：「放虎容易抓虎難，事情沒弄清楚以前絕不能放。」他忽然陰陽怪氣道：「師妹，龍游師叔仙逝以前確實說過掌門之位要傳給你，但這五年來，掌門師兄兢兢業業地執掌武當沒出任何差錯，待你更是不薄啊。」

陳覓覓皺眉道：「你這話什麼意思？」

淨塵子哼了聲道：「誰不知道苦孩兒和你感情最好，而且每次提及『掌門』二字，他總是要舊事重提，說什麼掌門之位該由你繼承，焉知他不是想盜取真武劍交給你，讓你當這個掌門？」

「你放屁！」陳覓覓猛烈地咳嗽起來，臉色瞬間慘白。

淨塵子繼續道：「苦孩兒是個傻子，若他想偷真武劍也就罷了，就怕這背後是有人指使的。」

陳覓覓杏眼圓睜道：「淨塵子，你是說話還是放屁？你意思是我讓苦孩兒來偷真武劍的？」

淨塵子著惱道：「你對我直呼其名也就罷了，我這麼大歲數你居然接連口出汙言穢語，你……」

陳覓覓嗤笑道：「我說我要按晚輩禮自處，你們誰也不同意，假惺惺地說什麼規矩不可壞，輩分不可亂，現在又來倚老賣老！」

這時劉平打著和稀泥的口氣道：「師妹，你想想你以前是不是無意中當著苦孩兒的面提過真武劍的事，所以他才上了心，要不然……你再勸勸他把真武劍交出來？」

陳覓覓一怔道：「劉師兄……連你也懷疑我？」

陳覓覓的臉色愈發慘白，王小軍見她身子微微顫抖，知道她這次是真的寒了心。

他雖然只和陳覓覓剛認識兩天，但對她的脾氣秉性極為瞭解，這姑娘單純開朗，深深敬愛師父，以武當為家，但此刻卻遭到了師兄的質疑，淨塵子說什麼無所謂，他一來是旁系的弟子，二來這老頭尖酸刻薄，看來也沒什麼人緣和影響力，但劉平是陳覓覓的親師兄，是陳覓覓最為在乎的人。他這番話說出來，別人都沒有表示異議，顯然之前就已經討論過了，難怪武當弟子個個看到陳覓覓都變顏變色的。

保安隊長劉胖子帶了十來個保安畏畏縮縮地躲在角落裡一直毫無存在感，這時也幫腔道：「師叔祖，要我說也是，你只要讓苦孩兒把劍交出來，我們所有人都可以當這件事沒發生。」

「滾！」陳覓覓對他仍然是只有這一個字，說完噴出一口血來。

周沖和這才發現陳覓覓似乎受了重傷，剛才他見陳覓覓和王小軍攜手並肩地出現，是強忍著才沒有問東問西，這時見她下意識地把身子靠在王小軍懷裡，心裡更是六神無主，竟不知道該如何處置了。

王小軍憤怒到了極點，他看出很多人其實就是想看熱鬧，看平時聲勢煊赫的小聖女要怎麼證明自己，這時他反而慢慢冷靜下來，因為意氣用事只能讓陳覓覓身敗名裂。

他開口道：「剛才我的問題你們還沒有回答，如果劍是苦孩兒偷的，那麼東西在哪兒？他被機關抓住，而真武劍已經不見了，這至少說明東西在苦孩兒來之前就丟了，難道他偷了劍之後又來故地重遊，好故意被你們抓住？」

淨塵子道：「苦孩兒是個傻子，還有什麼事幹不出來？說不定正像你說的，他上一次僥倖得手，覺得鳳儀亭上的機關抓不住他，所以又來一次；至於劍，武當山這麼大，他隨便藏在什麼地方，我們上哪兒去找？」

王小軍譏諷道：「你說的這種有強迫症、心思縝密又酷愛投機的傻子，我還真沒見過。」

淨塵子也覺得不像話，但他脖子一梗，嘴硬道：「總之，苦孩兒為掌門位子的事一直替陳覓覓憤憤不平，不信你們看著——」他假裝和顏悅色地問漁網裡的苦孩兒，「你說，武當掌門的位子該是誰的啊？」

苦孩兒立刻叫道：「掌門嘛，那就該是覓覓的。」

淨塵子得意洋洋道：「看見沒有？」

人群中不少老者都露出了會心的微笑，像是打了一個勝仗似的。

隨著眾人的哂笑，王小軍也笑道：「我看出來了，其實你們多半也知道劍不是苦孩兒偷的，你們就是不待見他罷了。這樣吧，我把苦孩兒帶走，保證他以後再也不來煩你們，行嗎？」

淨塵子道：「廢話少說，不交出真武劍，誰也別想離開武當！」

他這句話其實主要還是針對陳覓覓而言，苦孩兒已經被抓住，王小軍只是個外人，這頂帽子往陳覓覓頭上一扣，乾脆把她也牽扯了進來。

陳覓覓淡淡道：「如果我們一定要帶苦孩兒走呢？」

淨塵子喝道：「連你也走不了！」

陳覓覓針鋒相對道：「好，那今天就讓我見識見識你們這幫師兄的高招！」

她剛說到這裡就連連咳嗽起來。王小軍在她背上輕輕拍了拍，柔聲道：「年輕人不要那麼衝動，剩下的事交給我。」他說完這句話，噌一下跳上涼亭，朝台下招手道：「誰想留下我們，就上來跟我打！」

一干武當派的人均感愕然，他們見王小軍平時油嘴滑舌沒個正經，此刻身在重圍之中不知道要怎麼巧言令色地辯白，沒想到他比陳覓覓還直截了當。

其實剛才淨塵子戲耍苦孩兒那一刻，王小軍就已經怒到了極點，苦孩兒這幾天黏著他打架，無非是把他當成了最親密的玩伴，兩個人已經有了很深的感情，有人譏笑苦孩兒的生理缺陷，王小軍頓時忍無可忍，加上陳覓覓蒙受的不白之冤，讓他立刻爆發了出來。

陳覓覓道：「王小軍咳咳……你下來，你打不過他們的。」

王小軍淡定道：「那也要打——哪位道爺先來？」

周沖和雙眉緊皺，不自覺地往前走了一步，陳覓覓越關心王小軍，他就越惱惱，幾乎是無意識地就要上去應戰。

劉平一把拉住他，微微地搖了搖頭，周沖和是未來的武當之主，無論如何也不能讓他先出手。今天的事如果不是事關重大，他本不想在外派人面前提起，但此刻騎虎難下，他衝淨塵子使了個眼色。

淨塵子頓時覺得自己發光發熱的表現機會到了，躊躇滿志地就要邁步上台，一個中年道士打橫出來施禮道：「師父，您老人家是什麼身分，對付這種小子，我去就綽綽有餘了。」

淨塵子見是自己的首席大弟子道明，這節骨眼上他要和自己搶風頭，便有些不悅。

道明最善於揣測師父的心意，道：「您老人家收拾了他也是抬舉他，以後江湖上都知道這小子敗於武當前輩淨塵子之手，反而替他漲名聲，弟子是您一手教出來的，由我出面就算對得起這小子了。」

淨塵子一聽也有道理，自己的徒弟露臉也是給自己打廣告，這才點點頭道：「好，速戰速決，不要給為師丟臉！」

道明聞言臉上一喜，迫不及待地跳上涼亭，他一改和淨塵子說話時的謙恭，滿臉驕傲道：「王小軍是吧，道爺我叫道明，告訴你，也好讓你知道是敗於誰手！」

王小軍一巴掌拍了過去：「你還道明寺呢！」

道明聽到對方掌風拂動微微意外，前幾次武當眾人和王小軍見面他都不在，只知道是個上山求人辦事的晚輩，想不到對方掌力兇猛凌厲，當下收起一半的輕敵之心，探出右拳往王小軍小臂上拿去，王小軍手掌轉向，砰的一下和道明拳掌相撞，二人同時後退一步，心裡都叫了聲「臥槽」！

王小軍一人挑戰武當全山，本沒想著贏，但他想憑自己的武功總能先打敗一兩個後輩弟子，沒想到一上來就遇到一個強手。道明則看對方是個二十出頭的小子，滿以為十招二十招就能解決，也沒料到王小軍掌力和招法如此厲害，他右拳隱隱作痛，論硬拼的話似乎還吃虧不少，當下強穩心神，展開太極功夫和王小軍盤桓起來。兩人瞬間就打了三四十回合。

台下的眾人紛紛交頭接耳，臉色都不怎麼好看，暗暗忖度要是自己代替道明出戰的後果，大部分人都搖頭嘆氣，接著悚然一驚：鐵掌幫一個年紀輕輕的小子就有這種本事，那王東來還了得？

其實道明看似不起眼，武功已經算得上是武當派中的佼佼者，他今年年近不惑，又是從小就上山學藝，太極拳已有八分火候，這時全力施展，先保住了不敗之地。

五十招一過，王小軍先焦躁起來，他自以為道明是武當派裡不入流的角色，經過這麼長時間還沒能拿下十分沮喪，又出一掌被道明架開，他心裡起急，冒著中路空檔大開的風險，雙掌往道明腦後繞去。道明自然不肯放過這樣的機會，肩軸轉動化開王小軍的攻勢，隨即一拳打在他胸口，這一招姿勢妙曼，時機把握精準，頓時引來一片喝彩聲。

王小軍痛入骨髓，嘴角慢慢沁出了一絲鮮血。

在場的人裡和王小軍交過手的，包括陳覓覓和周沖和，二人對王小軍的功夫都有個估摸，對道明更是瞭若指掌，台上的這兩個人功力相當，風格可說各有千秋，如果心氣平和地對打，勝負很難預料，但是王小軍現在心態失衡，這場架已經是必輸無疑了。

陳覓覓大聲道：「小軍，別打了。」

王小軍擦了擦嘴角上的血，憤憤道：「不行！」他也知道自己輸在心理上，因為無論他能打倒多少人，後面一定還有更強的對手上來，這造成了他心態上的不穩定，就像當初他和余巴川的對戰一樣，余巴川若不是要留餘力以防峨眉派眾人，也不會落到慘敗的下場。

王小軍一旦失了先機落入道明彀中，再也無法擺脫，他的雙掌被太極勁分得四分五裂，人也暈暈乎乎地跟著道明的勁力轉了起來，太極拳的後勁最是連綿不絕，王小軍越來越被動，基本上已經輸了。

道明面對著漸漸失去抵抗力的王小軍眼露凶光，一拳拳地打在他肩膀上和小腹上，一邊獰笑道：「現在知道道爺的厲害了吧？憑你一個乳臭未乾的毛頭小子也敢上武當來撒野，真是有人養沒人教！」

陳覓覓怒道：「道明你給我閉嘴，王小軍已經輸了，你住手吧！」

要是平時，道明自然不敢違抗師叔的命令，可這會陳覓覓已經是牆倒眾人推，他全當沒聽見，仍然一拳一拳地往王小軍身上打著。嘴裡的咒罵也越來越惡毒，到後來完全沒有一點出家人的樣子了。

周沖和沉著臉不說話，道明胡說八道他也頗為不齒，但又不甘心這麼快就放過王小軍，陳覓覓見狀，踉蹌著要登上涼亭，周沖和一把拉住她道：「師叔，你要公然幫助外人嗎？」

陳覓覓甩開他的手冷冷道：「我早說了，他不是外人！」

周沖和臉色愈發難看，但也不敢再去拉陳覓覓。

這時王小軍已經像一片樹葉在道明的狂轟亂炸中隨波逐流，他漸漸迷糊，發出來的掌連平時威力的一半都不到，更別提招式了，王小軍眼見苦孩兒被漁網罩著，眼巴巴地看著自己，可是自己卻無能無力，想到苦孩兒，他忽然下意識地肩頭一聳，把剛剛學到的游龍勁發揮了出來。

這只是他隨手一個無奈之舉，就像溺水的人抓住了救命稻草，他這會兒黔驢技窮，運用這項新技能純屬百無聊賴，死馬當活馬醫，然而沒想到的是，道明的拳頭剛剛要打上他的身子，游龍勁一出，他的拳頭冷不丁滑在了一邊，王小軍再迷糊也知道這是他翻身的唯一機會，趁著對方太極勁斷開，他一掌拍中道明的胸口，明顯地感覺到對方的肋骨斷了幾根，接著整個人都消失了——道明被他拍到了涼亭下面。

「嘩——」台下眾人嘩然，這一次連周沖和陳覓覓也沒看清是怎麼回事。

王小軍雖然也有點莫名其妙，但他知道這是游龍勁幫了自己的忙，他整理整理衣服，面向台下道：「下一個誰來？」

淨塵子見徒弟慘敗，臉色變得極為難看，面對王小軍的挑戰，武當各人怔忡不安，道明的實力在武當剛好是一個分水嶺，同輩弟子中，除了周沖和，其他人都尚不及他，跟他差不多或者稍高一點的，也都沒有把握能贏王小軍，淨塵子知是自己挑的頭，這爛攤子還得自己收拾，他先瞪了道明一眼，飛身躍上涼亭，傲然道：「小子，僥倖讓你贏了一局，你不要得意！」

王小軍並不搭話，他這會兒正在抓緊時間休憩，淨塵子眼光老辣，即刻道：「看掌！」說著和身撲上。

王小軍這些天吃夠了太極拳的苦，再不敢貿然進攻，可這一縮手縮腳，就違背了鐵掌「攻中帶守」的宗旨，淨塵子功力深厚，每一招都把王小軍引得歪歪斜斜，兩人動手十招後，王小軍已經陷入漸漸不可自拔的地步。

這十招是淨塵子未出手前根據王小軍的風格絞盡腦汁琢磨出來的，屬於超水準發揮，而且淨塵子本人的武功在武當長輩中也是名列前茅，常自命不凡，覺得自己之所以沒被評為武當「八」子，只是因為出身不好而已。眼看對方相形見絀，這一場無論如何也不會敗。

二人錯身之際，淨塵子順勢去拿王小軍左肩穴道，這時他見對方忽然聳了聳肩，像是在出怪相，與此同時，他手掌馬上就要擊中王小軍肩頭，忽然沒來由地往邊上滑了幾寸，最終拍在了無關緊要的地方。

淨塵子冷笑道：「你這是什麼邪門歪道的功夫？」

他不知道，此刻王小軍心裡卻是欣喜若狂，原來他漸漸發現了一個事情——游龍勁在外人面前施展出來效用很低，甚至沒有，比如對胡泰來的攻擊就很難起作用，但是對武當派的人卻有立竿見影的功效，剛才對道明就是在關鍵時候靠著游龍勁的防禦才扭轉局面的，現在他肩頭中掌，與淨塵子的本意相比，這掌打在別處就相當於沒打中一樣，這也是游龍勁的功勞。

慢慢的，王小軍又發現了一點竅門或者說秘密，游龍勁之所以對武當弟子效果明顯，是因為他們打的太極拳要配合柔勁使用，太極勁百轉千迴連綿迴蕩，這股似有似無的勁力碰上游龍勁馬上會產生化學反應，兩股力道會碰撞出一種消解和反彈的全新力量，正是這種力量弱化了太極的威力。簡單地說，它對太極拳尤其有效。

匆忙之間，王小軍也顧不上去想龍游道人為什麼會創出這麼一個專門針對武當的功夫，他現在又遇到了新的困擾，那就是游龍勁雖妙，畢竟防禦力有限，這種級別的保護罩不足以把淨塵子的攻擊全部抵消，往往是淨塵子一掌打出，王小軍用游龍勁化解掉其中一部分力道，手掌最終還是會打在身上，時間一長還是難免要積成重傷。

淨塵子滿心猶疑，他一開始以為是自己的錯覺，很快就發現對方似乎真的有一層看不見的氣罩在做掩護，他故意減慢速度，想看看王小軍到底在搞什麼鬼，從場面上看，淨塵子還占著上風，但有逐漸陷入僵持的局勢。

武當諸人誰也沒學過游龍勁，他們只看到淨塵子恍惚之間出手突然有點遲疑，大都以為他是上了年紀，體力不支的緣故。

淨塵子手掌被游龍勁反彈得隱隱有些不舒服，但他也很快看出了這門功夫的弱點，他左掌先在氣罩上輕拍一掌作為引子，右掌轟然出擊，這一擊他全力以赴，最終擊破了那層圓滑而無形的防護，結結實實地拍在王小軍胸口上，王小軍一口血噴出。

陳覓覓焦急道：「王小軍你給我下來！」

然而隨著這一口血，王小軍猛然霍亮了，龍游道人再怎麼玩世不恭，也絕不會創出這麼一門存在重大缺陷的功夫，所謂游龍勁，那就是要「游」的，並不是讓你把內力揮出去像水母一樣罩住自己就完，透過苦孩兒的轉述，龍游道人當年也說過，游龍勁是集中優勢兵力來打對方，把內力散出去豈不是等於被對方的優勢兵力打？

想到這兒，王小軍已經確定老瘋子教的是錯的！他指導自己的運氣方法

很有可能只是游龍勁的一部分，真正游龍勁的精妙之處連老瘋子也沒學會，或者因為智力原因忘了，但總之，他現在學到的一定不是游龍勁的原貌！

此刻的王小軍正如走在岔路口，其中一條路既然已經被堵死了，剩下的事情就簡單了。

王小軍大大後退了一步，高聲叫道：「老瘋子，游龍勁後面的口訣是什麼？」

苦孩兒一愣，隨即馬上道：「氣游胸中，作游龍吟，化虛為實，如臂使指，意在拳先，拳在意後！」

王小軍苦苦思索，忽然大叫一聲：「啊！」

武當眾人聽說「游龍勁」三個字無人不動容，苦孩兒每念一句，他們都屏息凝視地默記下來，只是這幾句口訣毫無前情提要，天分再高也無從理解，王小軍這一叫，他們立刻又把精力都集中到了他身上，想著能不能得到一些提示。

王小軍「啊」完一聲，接著道：「媽的！一句也聽不懂啊，老瘋子你想想，你家老頭子教你這幾句口訣前，還有別的話沒？」

苦孩兒認真想了半天道：「有！」

王小軍崩潰道：「那你快說啊！」

武當眾人在這當口當然不會去阻止他們的對話，而且一個個心都提到了嗓子眼，唯恐苦孩兒不願意當眾說出。

苦孩兒認真地一字一句道：「苦孩兒啊，這家的牛肉麵牛肉太少了，還貴，還是上次咱們在無錫那家吃的味道正宗，牛肉也多。」

這句話一出，不但王小軍和武當眾人昏倒，連陳覓覓也哭笑不得，但她很瞭解師父的為人，教人功夫就喜歡在隨意的氣氛下進行，前一句說吃，後一句可能就會冒出一段口訣，看來龍游道人教苦孩兒游龍勁的時候，兩人正在吃麵，而苦孩兒記憶力超強，所以把這段不相干的話也一字不差地背誦出來。

不過這裡面也有人動上了心思，暗想會不會是龍游道人打了什麼暗語，不然為什麼去無錫吃牛肉麵？

淨塵子這時道：「現在才開始學功夫不嫌太晚嗎？」

王小軍道：「上次用這種口氣跟我說話的人已經被我打成狗——老瘋子，那再後面的口訣呢？」

苦孩兒道：「游龍之勁，瞻之在前忽焉在後，敵固不能料，我亦不能料。」

王小軍嘿然道：「老頭子跟你拽這種文言文你聽得懂嗎？有沒有白話版的啊？」

苦孩兒道：「老頭子說練到這個程度就是游龍勁的最高境界，所以我聽聽就行，他也不強求我練會。」

王小軍差點跌倒，合著苦孩兒只記得口訣，對游龍勁真的只是一知半解。

淨塵子在他們對話的時候也豎起耳朵聽著，這時覺得從苦孩兒嘴裡已經掏不出什麼了，於是又加快了進攻的節奏。

王小軍一邊勉力應付，一邊苦苦思索：運氣於胸，大概就是說能把內力運用到上身並散出去，這剛好是他能做到的地步，可是化虛為實就很難理解了，內力這東西在他看來本來就有點唯心主義，你說它虛就虛，你說它實就實，這句想不通他乾脆不想，後面的如臂使指又怎麼理解呢？

淨塵子一招快似一招，王小軍鐵掌沒練到家，游龍勁又不敢輕易再用，一步步地被逼到了台邊，淨塵子一掌過來，他只能試著先用游龍勁抵消對方一部分力量，再馬上用鐵掌還擊。

在電光火石的一剎那，游龍勁的舊力未消，王小軍手掌揮舞居然從空氣中帶起一絲內勁，這股內勁形成一個看不見的防護墊，淨塵子眼看一掌要拍上對方，卻離著王小軍還有半尺的地方被這個氣墊給彈了回來！

一陣激烈的振奮湧上了王小軍的心頭，游龍勁原來真的是要游的！

王小軍生平第一次體驗到了功夫的快樂。他學鐵掌是為了對付唐缺，學纏絲手是為了給胡泰來解毒，可以說他的練功路程就是一場苦行，向來都是被逼無奈，就連學游龍勁都是被迫的，現在他於體會了一種遊戲的味道——游龍勁之所以要把全部內力揮散在外，就是因為要在內力收回的瞬間讓它游起來，而這條游龍就是一道無形堅實的防護牆。

以前苦孩兒把內力揮出去形成半圓的罩子，這只是將程序進行了一半，就像吃香蕉連皮一樣吃是可笑的錯誤，之所以對付王小軍好使，那是因為苦孩兒內功深厚，而且他自身武功很高，不知不覺中用其他招式補足了裡面的缺陷，但王小軍對上淨塵子就暴露了這個問題，如今他總算連矇帶猜外加運氣用對了路數。

·第十章·

驚鴻劍

劉老六道：「以前腳掌蹬地掠上十幾米高的內頂，江湖上有這種輕功的，只有『驚鴻劍』了。」

台下群情聳動，卻又紛紛交頭接耳：驚鴻劍是誰？

淨禪子也是動容道：「我在江湖上走了幾十年，這樣的奇人怎麼沒聽說過？」

淨塵子一連退了十多步，心下駭然，他深知王小軍內力底細，偏不信邪地猱身再上，王小軍散氣在胸前，然後隨手抓過一把向淨塵子拍去，苦孩兒的話音一字一句地在他腦海裡浮現：氣游胸中，作游龍吟，化虛為實，如臂使指。

這四句就是說先讓內力能在周身運轉自如，然後讓它在實戰中成為一件雖然看不見但是實質存在的東西，接下來就是能像手臂指揮手指一樣，至於意在拳先、拳在意後則更好理解——你總要先觀察敵人打你哪裡，然後拳頭跟在游龍勁後去反擊。

王小軍這些天散氣收氣練了無數遍，早已熟極而流，但這最後一步難度實在太大，想讓這條龍游起來，不但要有敏銳的眼光，還要配合手上的動作，萬幸就是淨塵子也沒見識過游龍勁，出手變得有些遲疑，王小軍就像是剛學會蹬自行車就要去送快遞的小哥，一心想著不能搞砸，淨塵子則是親眼見到一隻送快遞上門的猴子驚詫莫名。

王小軍雙手或抓或揑，努力讓散出來的內力形成氣墊擋在他和淨塵子之間，其實他還沒有真正發揮出游龍勁的威力，如果說龍是要游的，他充其量是把龍從水裡抓出來幫他對付敵人而已，不過隨著漸漸熟練，他也慢慢掌握了訣竅，他再一次散氣出來，用手掌在其中一股內力上一推，那股內力便在他身前繞了一周，這時淨塵子攻擊剛到，王小軍恰到好處地把它托在手掌上往前一遞，淨塵子只覺自己傾盡全力的一掌又打在了氣墊之上，一個趔趄下差點被王小軍掃中。

他心裡越來越怕，越來越覺得王小軍這門功夫就是為了對付他而量身定製的，無論他招式如何巧妙，只要附著內力就會被對方的這股神秘反彈勁吸收並加倍返還回來，他和王小軍的距離越來越遠，慢慢退到臺子邊上。

又一招過後，他被王小軍的游龍勁帶得身子歪斜，後背的空檔全露了出來，王小軍伸出手來還沒等拍到，淨塵子已經大叫一聲撲倒在台下，隨即面朝地上趴在那裡不動了。

王小軍蹲在臺邊看了他半天，無語道：「喂！」

淨塵子裝作極其痛苦的樣子道：「嗯？」

王小軍無語道：「我說你別訛人行嗎？我幾乎碰都沒碰到你……」

淨塵子呻吟道：「可這的人可都看見是你推我的！」

劉平臉色惱惱道：「淨塵子師兄起來吧。」

淨塵子這才哼哼唧唧地爬起來，深深後悔剛才沒能應景地噴出一口血

來，他的反應、表情都很到位，就是道具上差了點。

王小軍這才長出一口氣站起來，一陣暈眩襲上，他稍稍調整了一下又大聲道：「下面誰來？」

他接連在淨塵子和道明師徒手上受傷，這會兒誰都看出他是在硬撐著挑戰，武當眾人憤憤然的同時，也有點佩服他的勇氣。

「我來鬥你！」一個青年道士飛身躍向臺子，這人王小軍有印象，當天就是他和另外一個道士領著王小軍他們去見周沖和。

這會兒上來的人就是撿現成便宜的，所以兩人也沒什麼好說，那道士在半空中擊出一拳，王小軍單掌迎擊，另一掌掛起游龍勁，「砰」的一聲，那道士身子還沒落在臺子上就被後發先至的游龍勁帶得轉了圈子，繼而被一掌打飛。

這次不等王小軍說話，已經有人從背後躍上臺子，王小軍頭也不回地拍出一條游龍勁，同時身體快速後靠，那從背後上來的人先是被剛好游過去的游龍勁衝得一個趔趄，接著被王小軍硬生生用後背扛了下去。

武當派中不少青年弟子也顧不上單打獨鬥的規矩，從四面八方撲上來，王小軍則把游龍勁發揮到極致，和人動手多則兩三招，少則一招，這些弟子們繼往開來地衝上來，又爭先恐後地被打下去，就像水珠崩到了螺旋槳上，被打得劈哩啪啦四下飛散。

不多久臺上已經空無一人，只留下汗津津的王小軍，他把目光看向了周沖和，周沖和知道這一戰已必不可免，於是緩緩走上了涼亭。

王小軍看了他一眼，用只有他們兩個人能聽到的聲音道：「你是真的懷疑覓覓偷了真武劍，還是只想借機把她留在武當？」

「我師叔……」周沖和說到這頓了頓，道：「覓覓未必把真武劍看在眼裡，但它丟了一定和苦孩兒有關。」

「何以見得？」

周沖和道：「今夜苦孩兒這已經是第三次來到鳳儀亭，第一次他出現就被我派弟子驅逐，那時劍還在，第二次他甘做誘餌把四名弟子引開，到剛才落網，劍已經丟了。」

這些細節王小軍倒是第一次聽，他說：「你懷疑苦孩兒和人配合盜走了真武劍？」

周沖和道：「以苦孩兒的性情和智力，是不懂也不會和人『配合』的，一定是有人利用了他，所以我說一定和他有關。」

王小軍恍然，難怪武當派的人都懷疑陳覓覓，能利用苦孩兒的，這世上只怕也沒有幾個，一時他也苦苦思索起來。

可惜他不是福爾摩斯，不能通過完全不相干的痕跡還原案發現場，然後猛地指著某一個人說他就是真凶，作為搞笑武俠小說的主角，王小軍只好攤手道：「我想不出來是怎麼回事，不過人我還是要帶走，放心，我會給你們交代的，幕後指使不好說，劍我一定幫你們找回來。」

周沖和搖搖頭道：「劍我們可以自己找，這幾天最嚴重的事是你不該來武當，你不該跟覓覓有這層關係！」

王小軍嘿然道：「你知道世界上哪種動物最不能惹嗎？」

周沖和想了想道：「世上沒有什麼動物是不能惹的，獅子大象都有剋星和天敵……」

王小軍擺擺手道：「我告訴你吧，世上最不能惹的動物是單身狗，我這種條件想找老婆很難，好在我爺爺給我先預定了一個，現在你要跟我搶，你說我該不該跟你拼命？」

周沖和淡淡道：「你應該理智一點。」

「少廢話，看掌！」

兩人這一動上手都拿出了看家的本事，王小軍鐵掌掛著游龍勁，周沖和全力施展出太極拳，兩人一對掌，周沖和立刻察覺到王小軍掌前有股奇怪的氣罩，有淨塵子的前車之鑑，不等手掌拍實，他便毫不猶豫地撤招，換角度再出擊，再撤，不停地試探著對手，一邊琢磨著要怎麼打破這層氣罩。

兩人一照面就是以快打快，下面眾人看得眼花繚亂。道明和淨塵子等人見了王小軍的表現以後不禁害怕，周沖和是在場人中公認的第一高手，王小軍居然和他打了個旗鼓相當！

其實他們不知道這裡面也有他們的功勞，王小軍新學游龍勁遇到的是道明這樣和自己實力差不多的對手，所以他才有時間思考、揣摩，後來對手升級，他也被迫升級，如果一開始就是淨塵子出手，他無論如何也沒有贏的可能，這就是遇到了對的對手。

在競技領域，對的對手和好的老師一樣重要，所以頂尖棋手不愛和業餘愛好者下棋，一來享受不到勝利的喜悅，二來傷腦，王小軍相當於是被淨塵子師徒倆一程接一程地送到了以前未曾到達的高處。

陳覓覓抬頭目不轉睛地看著臺上，明月和靜靜悄悄來到她身前，明月道：「師叔祖，我師祖讓我們帶個話……他說其實完全沒必要鬧到這種

程度。」

靜靜道：「師祖他只是想托你問問苦孩兒前輩當時的情況，從沒懷疑過丟劍和你有關係。」

陳覓覓苦笑一聲，微微搖了搖頭。

明月和靜靜的師父是劉平的弟子，所以她們說的師祖也是劉平，這倆小丫頭自然不懂陳覓覓此刻的想法。龍游道人在彌留之際確實說過掌門要讓陳覓覓來當的話，但陳覓覓從來沒往心裡去，師父去世以後，她向來對掌門師兄尊敬有加，這事兒也從沒提過。陳覓覓也相信劉平本身沒有惡意，大概是因為著急隨口一問，但就是因為這種無心已讓陳覓覓萌生了去意，劉平都這麼想，武當派裡其他人自然也早就有類似的猜疑，掌門師兄年事漸高，以後要在傳位的問題上出什麼波折，那她就真說不清了；萬一有人再借機生事想渾水摸魚，她豈不是成了被人利用的工具？

陳覓覓感到委屈，是因為劉平不該懷疑她的心跡，她暗下決心，在淨禪子沒有正式宣布把掌門傳給周冲和以前，她不會繼續留在山上，至於去哪、幹什麼這些事以後再說，當下最主要的就是把苦孩兒帶走，苦孩兒和她感情深厚，她絕不能讓他被人欺辱。

她剛才盯著臺上看，其實是在出神，這時才發現和王小軍對打的人是周沖和，不禁面有憂色。

周沖和的太極拳已經到了無跡可循的境界，王小軍絲毫找不到反擊的節點，只能苦苦防守，正如一座被大兵壓境的破城，對方兵力氣勢都在巔峰，而自己仗著極有限的一點有利條件僵持，實際上已經到了岌岌可危的地步。更致命的是，王小軍受了不輕的傷，又鏖戰了半夜，體力幾乎耗完，而周沖和不焦躁不冒進，慢條斯理按部就班地按計劃部署兵力攻城。

按說情敵見面分外眼紅，可他至少在招式上沒有表現出來，這也是太極功夫修煉到極深的作用，光是這份堅忍和內斂，王小軍就十分佩服，照這樣下去，再有五十招，就算周沖和沒能得手，他自己也得累得吐血。

周沖和忽然貼近王小軍道：「只要你現在收手，咱們之間的約定還有效。」

「狗屁！」王小軍只蹦出兩個字。

周沖和道：「覓覓如果跟你下山，她這輩子就要蒙受不白之冤。」

王小軍道：「只要我相信她是清白的，她何必在乎你們這些外人的眼光？」

外人兩個字終於深深刺痛了周沖和，他斜刺裡一閃到了王小軍側後方，

手掌同時拍向他的右後肩，王小軍這時舉步維艱，轉身已經變得困難，只能微微後退，發出一條氣勁讓它盤旋到受攻擊部位，左掌穿過右肋下與氣勁匯合，這樣就省了回身的麻煩。

周沖和看出王小軍是真正到了強弩之末，頓時找到了制勝的法門，身子再一閃，又到了他的左後方，王小軍只得收回剛才那道氣勁，隨即再用左掌重新把它發出，如法炮製地回應，這樣一來，他要做的程序就變得繁複無比，耗費的精力和體能並不比轉身少。周沖和冷笑一聲，憑空繞了一圈，又從他右側面發起了攻擊。

王小軍越來越相形見絀，一條氣龍奔波游走疲於應付，這麼做的好處只有一個，那就是指揮氣龍的手法也越來越熟練，周沖和繞著大圈圍著他，他就讓這條氣龍繞著小圈圍著自己，兩個人到最後照面不打、手掌不碰，在外人看來所有招式都是對空而發，別說那些弟子，就連陳覓覓和那些老頭子們也漸漸看不懂了。

這裡面只有淨塵子明白是怎麼回事，因為他吃過那條氣龍的苦，而更讓他意外的是，周沖和居然憑修為能察覺到那條氣龍，這點他就自嘆弗如了。

周沖和側耳傾聽，王小軍的呼吸一秒比一秒粗重，當下露出了勝利者的微笑，像是自言自語又像是炫耀道：「游龍雖好，一條終究成不了氣候！」

王小軍這會兒精神已經有點恍惚，這幾個字一傳入耳，他幾乎是下意識地想：那我就多給你幾條。這個念頭一旦閃現，他猛然警醒，這時周沖和又已繞到了他身後，王小軍不管不顧地連拍幾掌，每一掌都是一條氣龍被他擊出，而這些氣龍圍繞一周回到他身前時，他也不立即收回，而是再擊一掌讓牠們繼續游走，這樣頃刻間就有十幾條氣龍圍著他上下飛舞盤旋。

王小軍就像魔術師高空拋接球一樣接應著這些氣龍，在別人看來他不住胡亂揮掌就像瘋了一樣，但在王小軍腦子裡卻又響起了苦孩兒複述游龍道人的話：瞻之在前忽焉在後，敵固不能料，我亦不能料。

這是游龍勁的最高境界，氣龍完全游走起來以後，自然是前後不定地盤旋，所以瞻之在前忽焉在後，而氣龍的位置不能讓敵人知道，所謂的「我亦不能料」正是因為敵人不知道要從什麼位置偷襲，氣龍就一定要靈動，不能有固定的方向和角度被敵人抓住規律，所以敵不能料是真，我不能料是假！

王小軍雖然終於懂了這幾句口訣的含義，不過想做到卻沒那麼容易，所以顯得十分笨拙。周沖和見他忽然舉止異常，但並沒有輕舉妄動，而且他在同一時間終於想出了對付游龍勁的辦法——硬來或者被動地等待時機都不是

辦法，他的氣龍既然會游，那必定有頭有尾，我只要找準氣龍的尾巴，再用太極勁把牠搬走就是了！

周沖和生性沉穩天賦異稟，是那種真正的天才，他念頭一動，立刻付諸實際，手掌豎起，用心感知著王小軍身前的氣勁強弱，在間不容髮的瞬間，王小軍一條氣龍游過，他終於出掌，但他沒想到第二條氣龍緊接著游到，周沖和的手掌不等拍到王小軍已被第二條氣龍捲住，就像被旋轉門掃中的感覺一樣，他身不由己地被帶得轉了起來，心也瞬間沉了下去……

王小軍雙掌齊發，把完全失控的周沖和打得遠遠飛出，武當眾人一起躍起救護，然而周沖和先一步飛過他們的頭頂，噗通一聲摔落在塵埃裡。

王小軍緩緩將身前繚繞的氣龍一一收回，又緩緩走到臺邊，用不可一世的氣勢咆哮道：「還——有——誰？」

面對王小軍的挑戰，臺下一片寂然，王小軍跳下臺子直奔苦孩兒而去，隨即蹲身解開漁網，頭前兩個弟子訥然無語，不自覺地後退了一步。

這時就聽山腰中有個老者的聲音道：「是誰在武當山撒野？」接著人已經到了王小軍近前，手掌一探抓向王小軍的肩頭，王小軍不及起身，揚手拍出一道游龍勁。

那老者也是道士裝扮，抵上游龍勁後，不由自主地被彈出半步，但他應變力奇高，左臂一擺將這股力道轉為己有，順勢又是一掌遞過來，王小軍雙掌一架，兩個人一高一低地瞬間過了五六招。

王小軍心裡暗嘆，武當終究是名門大派，這名老者武功之高尚在周沖和之上，他要早到一刻，周沖和不必上臺他也毫無勝算。

「師弟住手！」

這當口又有一名鬚髮皆白的老道趕到，他衣服已顯破舊，眼中神光精湛，給人感覺卻十分寬和釋然，他一句話出口，先前那老道便即刻抽身退開，山腰之中還有五名老道正在極速奔行，也是又快又穩地到達了亭子邊上。

加上先到的兩名老者，一共是七人。眾人一起躬身向那白髮老道道：「掌門！」原來他就是淨禪子。

不用別人介紹王小軍也明白，這是武當七子一起到了，王小軍打敗周沖和之後還在納悶，武當七子為什麼不出手，現在才知道這七名頂尖高手剛才沒有一人在場。

七個老者個個氣度不凡，其中六人分站淨禪子兩邊，最先和王小軍動手的那名老者見王小軍不過二十郎噹歲的年紀，不禁大吃一驚。

陳覓覓越眾而出道：「掌門師兄，你可回來了……」她受了這麼多委屈，聲音有些哽咽，同時也顯出她對淨禪子十分依賴信任。

淨禪子神情自若，呵呵一笑道：「一個個灰頭土臉，這是怎麼了？」

眾人一起把目光放在王小軍和周沖和身上，又不知道該從何說起，周沖和這時已經站起，表情木然臉色慘白，其實王小軍那一掌沒想傷他，只是用力把他推了下去，本來憑周沖和的輕功，他可以平穩落地，但一來心緒大亂，二來受了游龍勁的衝擊，他茫然四顧，一時竟有了癡呆之樣。

他從小被人當神童，長大了是公認的天才，一帆風順地被默認成武當的繼承人，今天這一敗是他生平最大的恥辱，所以不知道該如何自處了。

淨禪子掃了他一眼，喝道：「沖和，你過來。」

周沖和悚然一驚，這才快步走上前道：「師父！」他一眼也不看王小軍，就當這人不存在一樣。

淨禪子看看眾人臉色，猜出今晚的「罪魁禍首」是王小軍，問道：「這個後生，你是誰呀？」

王小軍道：「我是王東來的孫子王小軍。」

淨禪子馬上問陳覓覓：「師父給你定了一門親事，對方……」

陳覓覓點頭道：「就是他。」

淨禪子一笑道：「你上武當是為這事嗎？」

王小軍臉一紅，不知道該如何回答了。

劉平氣急敗壞道：「師兄，真武劍丟了！」

淨禪子皺了皺眉頭，隨即嘆氣道：「虧你是修道之人，劍丟了就找回來，大驚小怪什麼？」

這時苦孩兒已經從網裡鑽了出來，他似乎也知道武當七子的厲害，這會兒乖乖站在王小軍身後。劉平利用這段時間把今夜山上的事簡略地跟淨禪子說了一遍，淨禪子面無表情地聽著，當聽到有人懷疑是陳覓覓指使苦孩兒偷劍的時候，立即怒喝道：「混帳話！」

淨塵子滿臉通紅，扯著脖子道：「師兄，那這事兒你說該怎麼辦？」

淨禪子道：「苦孩兒，你出來，我問你幾句話。」

苦孩兒探出頭來道：「你問。」

淨禪子道：「今天你三次跑上鳳儀亭，是不是有人在前面領路把你引到這兒來的？」

苦孩兒詫異道：「你怎麼知道？」

眾人面面相覷，他們抓住苦孩兒這半天什麼也沒問出來，想不到淨禪子一句話就牽出了這麼大的線索。

淨禪子道：「那人長什麼樣？」

苦孩兒連連擺手道：「沒看清！」

「那他跟你說話了嗎？」

「沒有！」

淨禪子道：「此人就是我們要找的人了。」

王小軍左右一掃，指著保安隊長劉胖子道：「武當山上有監控錄影嗎？」

劉胖子畏縮道：「只有山門有……」

淨禪子道：「來人輕功必高，是不會走門的。」

劉平小聲道：「師兄，當心苦孩兒騙你。」

淨禪子瞪他一眼道：「他能騙我什麼？你真的以為他會偷劍以後為了好玩去而復返？一個八歲的孩子如果偷了大人的錢去買糖，他會為了好玩故意回到空抽屜前面嗎？」

「呃……」劉平無言以對。

「修道修道，我看你們都修傻了！」淨禪子憤憤然道。

王小軍一個沒忍住笑了出來。他和淨禪子見面不過幾分鐘，但覺得這老頭胸襟思維都跟武當其他人截然不同，簡單的幾句話就弄清了事情的主要矛盾，而且處亂不驚，這分氣度讓他十分心儀。

淨禪子板著臉道：「你笑什麼，你打我門人弟子的賬我還沒跟你算呢。」

陳覓覓道：「師兄你……」

先前那個跟王小軍交過手的老者急忙躍躍欲試道：「讓我來跟他打！」

陳覓覓惱道：「靈風師兄你怎麼也胡攪蠻纏，想打，你等他傷好了以後再跟他打！」

淨禪子一把把靈風拽了回來，嘿嘿一笑道：「我開玩笑的，這小子也沒什麼大錯，我二十歲的時候遇到這樣的事，我也得跟他們拼命。」

靈風再次上下打量著王小軍道：「小小年紀，又受了傷，居然把我們武當派這麼多人打得束手無策，很行啊你。」

他這句話倒不是氣話，是真的有點欣賞王小軍，剛才他和王小軍過那幾招，只覺對方招法妙不可言，還以為是別的門派的前輩高手到了，沒想到居然是這麼一個毛頭小子。

王小軍笑嘻嘻道：「沒什麼，山中無老虎，猴子當大王。」他這話像是

自謙，其實是順帶把周沖和淨塵子等人貶低一下。

淨禪子正色道：「可是苦孩兒暫時不能離開武當，我還有話要問他。」

王小軍道：「你有什麼話一次問完，我必須帶他走，他留在武當就是死路一條。」

淨塵子眼睛一瞪道：「怎麼，難道你還想跟我掌門師兄動手？」

王小軍吹了口氣道：「該動也得動！」

淨禪子道：「師妹，你怎麼看？」

陳覓覓決絕道：「我跟他們一起下山。」

淨塵子道：「你下山可以，苦孩兒必須留下——」他轉向淨禪子道：「掌門，苦孩兒身上的游龍勁威力無窮，而且專剋太極拳，你可不能讓他下山去啊！」

就在這時，有一人氣喘吁吁地爬上來，上氣不接下氣道：「出、出什麼事兒了？」正是劉老六。

淨禪子定睛看了一眼道：「原來六兄也上武當了。」

劉老六見滿山遍野都是武當派的人，淨禪子居然也在，客氣道：「不敢不敢，見過掌門——這裡怎麼了？」

淨禪子讓劉平把事情又說了一遍，接著道：「六兄是聞名遐邇的武林百科全書，那就勞煩你給推斷推斷，是誰要和我們武當過不去，誰又有這分功夫？」

劉老六點點頭，他走上鳳儀亭，隨即掏出他那副小圓墨鏡來，朝底下人招手道：「多來幾個手電筒，我這是副老花墨鏡。」

幾個弟子聞言，舉著手電筒飛身上了臺子，劉老六又道：「都在一邊站著，別破壞了犯罪現場。」

他在臺子上走了一圈，這裡早被王小軍他們踩得到處都是腳印，基本沒什麼研究價值了，劉老六又繞著每根柱子轉了幾圈，最終停在一根柱子前道：「掌門兄，請上來一看。」

淨禪子飛身來到劉老六身邊，劉老六指著柱子上淺淺的印跡道：「看見沒，此人踩著柱子上頂梁盜劍，低處只留下這一個腳印，而且還沒踩實，輕功之高實屬罕見。」他順手摘下墨鏡遞給淨禪子。

淨禪子擺擺手，說道：「六兄確定這是腳印？」

「沒錯！」劉老六道：「以前腳掌蹬地，斜著掠上十幾米高的內頂，江湖上有這種輕功和特殊習慣的，只有『驚鴻劍』了。」

台下群情聳動，卻又紛紛交頭接耳：鷩鴻劍是誰？

淨禪子也是動容道：「我在江湖上走了幾十年，這樣的奇人怎麼沒聽說過？」

劉老六道：「這人行事低調，但是有個癖好就是喜歡收藏名劍，如果我沒猜錯的話，他盜取真武劍是為了劍本身，倒沒有想和武當為敵的意思。」

劉平冷冷道：「他偷我鎮派之寶還說沒有敵意？」

劉老六道：「但願他只是好奇想借走觀賞觀賞而已，說不定什麼時候就還回來，我看你們還是低調打聽他的行蹤就好，千萬不要大張旗鼓地去追殺他，以防他把劍毀了，索性來個死不承認——當然，這都是我的推測，也有可能這事跟他沒關係。」

武當派眾人面面相覷，劉老六言之鑿鑿地指出了盜劍人，可是「鷩鴻劍」這麼浮誇的名號卻是誰也沒有聽過。

劉平小聲問淨禪子：「掌門，你看這事兒……」

淨禪子道：「既然六兄給了結論，那想必八九不離十，你這就分派弟子下山，分幾路暗訪鷩鴻劍的下落。」

淨塵子急道：「那苦孩兒怎麼辦？」

淨禪子嘆氣道：「匹夫無罪懷璧其罪，你們想留下苦孩兒無非是覬覦游龍勁，可師父當年就說過了，游龍勁不練也罷，他這麼說一定是有道理的。苦孩兒既然不想留在武當，那就由他吧。」

淨塵子翻個白眼，不忿地看了王小軍一眼，心說這小子無非也就是在幾天之內就學會了游龍勁，我們有什麼不能練的？可是淨禪子已經發話，他只好閉嘴。

王小軍道：「這事既然是因苦孩兒而起，我們把他帶走，就會對他做的事情負責，我一定找到真武劍，把它送回武當。」

淨禪子點頭微笑：「好，好，那就多謝。」他忽然問陳覓覓，「師妹，你呢？」

陳覓覓道：「我們想法一樣，我跟王小軍一起下山找劍。」

周沖和臉色愈發難看，可又不知該說什麼。

淨禪子向陳覓覓招招手道：「你跟我來。」

二人離了人群來到一片樹林中，淨禪子忽道：「師妹，你真的沒想過要當武當的掌門嗎？」

要是別人這麼問，陳覓覓非跟他急了不可，但是知道師兄必有深意，於是道：「沒想過。」

淨禪子苦笑道：「看來你是真沒明白師父的心思啊。」

陳覓覓道：「師父說這句話的時候已經是彌留期，神智早就糊塗了。」

淨禪子搖頭道：「師父天縱奇才，何曾有過糊塗的時候——我再問你，我要是現在死了，你覺得誰最適合當武當的掌門？」

陳覓覓皺眉道：「當然是沖和。」

「嗯，沒錯，沖和是目前的不二之選，可他並不是最好的人選。」

陳覓覓不耐煩道：「師兄，你到底想說什麼呀？」

淨禪子幽幽道：「我想說的是，如果我活得夠長，那就讓你來當掌門，如果活不過五年，那就讓沖和替你當掌門。」

陳覓覓大吃一驚道：「你這是什麼意思？」

淨禪子道：「師父的掌門之位是怎麼來的，你應該也清楚，當年武當為了掌門之爭鬧得雞犬不寧，師兄弟之間幾乎反目成仇，事實證明，武當派要想長治久安，必須得有一個足夠強大的領袖才行。」

陳覓覓嘻嘻一笑道：「我可成不了這樣的人。」

淨禪子道：「你現在還不成，可是十年以後呢？」

陳覓覓愕然道：「十年以後怎麼了？」

淨禪子道：「十年後，我們這幫老頭子也就死得差不多了，到時候武當山上全是你的晚輩，論武功，你天資聰穎，到那時也能獨當一面了。」

「那沖和呢？」

「沖和師兄弟眾多，誰知道其中哪一個不服他想自己當掌門，立馬就會讓歷史重演，而且沖和這孩子在武學上的天分是足夠了，但是為人處世上還有幼稚偏激的一面，身在這個位子上，行錯一步就是萬劫不復！武當派最講輩分，你輩分高，這點上你有先天優勢，只要不是錯得離譜，也沒人敢對你說三道四。」

陳覓覓沉吟良久，忽然吃驚道：「難道師父當年收我的時候就想到了這點？」

淨禪子搖頭道：「師父當年和你投緣，那是你們之間的緣分，起初他並沒有多想，但我接任掌門時已經六十有五，未來五年十年或許不至於出亂子，可十五年二十年之後呢？我死之後再無保險的繼承人，師父也是在彌留之際才想到了這個問題，在武當，誰輩分高、活得久，誰就是最合適的掌門，這是他老人家的經驗之談吶。」

陳覓覓哭笑不得道：「師兄你想多了吧？」

淨禪子正色道：「你當掌門唯一美中不足就是生為女孩，一個女人執掌武當，你所承受的壓力也必然比男人重得多，所以我特地培養了沖和作為你的後備，萬一你不想……」

陳覓覓急忙道：「師兄你做得對，掌門位子給他吧，我不想！」

雖然淨禪子也是疏懶不羈的性子，這時也不禁有點無語，脫口問：「為什麼？」

陳覓覓道：「就像你說的，哪有女子當掌門的，我可不願意被人指指點點，現在網路那麼發達，再給我封個『最美掌門』天天曝光，我可受不了。」

淨禪子嘆氣道：「雖然早就看出你對掌門沒興趣，但我今天還是把話給你說明的好，你只要不離開武當，掌門的位子就是你的！」

陳覓覓笑道：「多謝師兄美意，真的不用了。」

淨禪子忽然也一笑道：「是因為王小軍吧？師父先給你指了婚又要你當掌門，這才是真正的糊塗了。」

這一代的武林 肆 武當聖女

作者：張小花
發行人：陳曉林
出版所：風雲時代出版股份有限公司
地址：10576台北市民生東路五段178號7樓之3
電話：(02) 2756-0949
傳真：(02) 2765-3799
執行主編：朱墨菲
美術設計：吳宗潔
行銷企劃：林安莉
業務總監：張瑋鳳

初版日期：2019年2月
版權授權：閱文集團
ISBN：978-986-352-667-4

風雲書網：http://www.eastbooks.com.tw
官方部落格：http://eastbooks.pixnet.net/blog
Facebook：http://www.facebook.com/h7560949
E-mail：h7560949@ms15.hinet.net
劃撥帳號：12043291
戶名：風雲時代出版股份有限公司

風雲發行所：33373桃園市龜山區公西村2鄰復興街304巷96號
電話：(03) 318-1378
傳真：(03) 318-1378
法律顧問：永然法律事務所 李永然律師
　　　　　北辰著作權事務所 蕭雄淋律師

行政院新聞局局版台業字第3595號 營利事業統一編號22759935

定價：280元　　特惠價：199元

國家圖書館出版品預行編目資料

這一代的武林 / 張小花著. -- 初版. -- 臺北市：風雲時代,2018.12-　冊；　公分

ISBN 978-986-352-667-4（第4冊；平裝）

857.7　　107018081